Die Bestie

aus den Hügeln

von Miriam Mademacher

eine Novelle

Edition Alea Deseo

Auflage 2 | Mai 2020

© 2016 Alea Libris Verlag, 72827 Wannweil
Titelbildgestaltung: Viktoria Lubomski
Satz: Michaela Harich
Lektorat: Tatjana Nikisch
ISBN 978-3-945814-06-2

Herstellung: BoD - Books ond Demand, Norderstedt

Unser spezieller Dank geht an unseren Patron:
Simon Rottler & Nicole Panzer

Kapitel 1

»Liesbeth! Liesbeth!«

Es war nicht so, als ob Liesbeth die Rufe der Mutter nicht hören konnte. Nichts war lauter an diesem wunderschönen Tag im Spätherbst. Liesbeth saß, die Beine lang ausgestreckt, unter einer Eiche. Den Rücken an den Stamm gelehnt, beobachtete sie, wie die Blätter lautlos ins warme Gras fielen. Vögel zwitscherten, irgendwo muhte eine Kuh. Ja ohne die Stimme der Mutter hätte dieser Augenblick perfekt sein können.

»Liesbeth! Wenn ich dich erwische, hast du ein schmerzhaftes Problem, mein Kind!«

Liesbeth seufzte. Vorsichtig spähte sie um den Stamm der Eiche herum, in Richtung des elterlichen Hofes. Doch nicht die Gestalt der Mutter, groß und rund, die Hände zu beiden Seiten in die nicht vorhandene Taille gestemmt, war es, die sie aufspringen ließ. Es war der Einspänner des Doktors, der verlassen vor dem Wohnhaus stand.

Eilig rannte Liesbeth den Hügel hinab, sprang fast elegant über einen Weidezaun und kam direkt vor ihrer Mutter zum Stehen. Zur Begrüßung verpasste die ihr eine Ohrfeige.

»Au! Wofür war die denn?«, emöprte sich Liesbeth.

»Ungehorsam und schlechtes Benehmen. Genau in dieser Reihenfolge.«

»Ich habe nichts Unrechtes getan!«

»Erzähl mir ja nicht, du hättest mich nicht gleich gehört! Und was habe ich dir über das Springen über Zäune gesagt?« Die Mutter funkelte sie wütend an.

Liesbeth zog die Schultern hoch und presste die Lippen aufeinander. Mit der Mutter zu diskutieren, ergab nur selten Sinn.

»Und nun geh in den Keller und bring ein paar Gläser mit eingelegten Kirschen herauf. Marsch, Marsch!«

»Aber das sind unsere letzten Kirschen!«, widersprach Liesbeth.

Der Doktor, in seinem dunkelblauen Gehrock, stand neben der Mutter und drehte verlegen seinen Hut in den Händen. Man sah ihm an, dass er sich unwohl fühlte. Doch die Mutter fuhr in ihrem herrischen Ton fort und ignorierte den Mann neben sich.

»Sollen wir den Doktor vielleicht ohne Lohn für seine Arbeit fortschicken?« Sie wartete keine Antwort ab. »Mach schon, Mädchen! Im nächsten Sommer werden neue Kirschen wachsen.«

Liesbeth protestierte nicht weiter und lief zur Scheune herüber. Unter deren Bodenbrettern verbarg sich ein kleiner Vorratskeller. Dass es Liesbeth war, die die Kirschen holen musste, war nur allzu verständlich. Zu klein war der Raum unter der Erde, als dass die Mutter sich darin noch hätte drehen und wenden können. Liesbeth fragte sich, wie ihre Mutter es schaffte, ihre stattliche Figur zu halten. Das Geld reichte hinten und vorne nicht und nun fielen auch die letzten Vorräte der Krankheit des Vaters zum Opfer. Längst konnte Milan den Hof nicht mehr bewirtschaften. Ein Lungenleiden zwang ihn seit Monaten aufs Lager. Davor war es eine verschleppte Erkältung gewesen und davor ein verletztes Bein. Gesund hatte Liesbeth den Vater schon seit einer Ewigkeit nicht mehr gesehen. Und auch wenn ihre Mutter und sie selbst ihr Bestes gaben, um den Betrieb am Laufen zu halten, es reichte hinten und vorne nicht.

Während Liesbeth die Leiter in den Keller hinabstieg, mit den Händen über die fast leeren Regale strich, gewöhnten sich ihre Augen nur langsam an das Dämmerlicht. Sie musste an ihren nichtsnutzigen Bruder denken. Clemens hätte als zukünftiger Erbe des Hofes

6

wirklich mehr Interesse an der Arbeit zeigen können, doch er glänzte meistens durch Abwesenheit und die Mutter ließ es ihm durchgehen. Immer! Liesbeth selbst jedoch fing sich schon eine Ohrfeige ein, wenn sie nur einmal nicht sofort auf Zuruf reagierte. Das Leben war ungerecht.

Endlich ertasteten ihre Finger in der Finsternis die letzten beiden Einmachgläser mit dunklen Kirschen. Als sie vorsichtig den Aufstieg über die Leiter begann, presste sie sie sich vor die Brust. Oben konnte sie schon die Stimme des Doktors hören. Ihr Herz begann, schneller zu schlagen.

»Ich kann Ihnen leider nur wenig Hoffnung machen, Frau Sandrini. Ihr Mann Milan ist schwer krank. Er hat es auf der Lunge und ich weiß mir keinen Rat mehr. Sein Zustand verschlechtert sich.«

»Er verschlechtert sich schon seit Jahren. Immer, wenn man meint, dass es schlechter nicht mehr geht, dann schafft er es, sich noch zu steigern. Mir scheint, ihm gefällt es einfach zu gut in seinem Bett.« Die Worte ihrer Mutter klangen harsch. Liesbeth verengte die Augen.

»Sie täuschen sich. Er ist wirklich krank.«

Die Mutter schwieg und Liesbeth spürte, wie sich zu dem aufgeregten Herzschlag nun noch ein mulmiges Gefühl in der Bauchgegend hinzugesellte. War ihr Vater vielleicht sterbenskrank?

»Liesbeth, nun beeil dich gefälligst! Der Herr Doktor hat nicht den ganzen Tag Zeit!«

Nein, die hatte der Doktor natürlich nicht. Er war ein vielbeschäftigter Mann. Ein großartiger noch obendrein, wie Liesbeth fand. Freilich war Liesbeth nur ein kleines Bauernmädchen und er ein gut aussehender, junger Doktor. Liesbeths Herz sollte nicht immer schneller schlagen, sobald sie seine schlanke Gestalt oder nur seinen Pferdewagen irgendwo erspähte. Aber so war es

7

eben. Sie konnte nichts dagegen tun.

Hastig stieg Liesbeth von der Leiter und lief auf die beiden Erwachsenen zu, die mitten auf dem Hof standen und ihr entgegen blickten. Die Mutter voller Strenge und Ungeduld, doch der Doktor mit einer fast spürbaren Wärme in den dunklen Augen. Liesbeth erwiderte seinen Blick und fühlte im gleichen Moment, wie ihr eines der Gläser beim Blick in seine Augen entglitt. Sie griff hastig nach, woraufhin auch das Zweite ins Rutschen kam. Einen Moment lang schien es, als könnte sie beide noch halten, doch dann schlugen sie knallend auf dem gepflasterten Hof auf und verteilten im Zerbersten den roten Kirschsaft, der weit über die Steine spritzte.

»Liesbeth, du Ausbund an Unglück und Ungeschick, du bringst mich noch ins frühe Grab! Die schönen Kirschen!«

Bei dem Anblick der im Dreck liegenden Kirschen schossen Liesbeth selbst die Tränen in die Augen. Da entdeckte sie die roten Spritzer auf ihrem grauen Kleid. Die Tränen waren nicht mehr aufzuhalten und rollten ihr über die Wangen.

»Na, na. So schlimm ist das doch nicht. So ein Missgeschick kann jedem passieren«, rief Doktor Gründig aus und schenkte ihr ein aufmunterndes Lächeln.

»Ja, aber es passiert nur Liesbeth, immer nur Liesbeth. Dieses Mädchen taugt wirklich zu gar nichts. Ich bin wirklich geschlagen, Herr Doktor. In meinem Bett liegt ein todkranker Mann, der die Mistgabel kaum noch selbst halten kann und meine einzige Tochter ist ein Nichtsnutz!«

»Aber, gute Frau! Vergessen Sie nicht, Sie haben auch noch einen stattlichen Sohn! Ihr Clemens ist doch ein Junge, wie ihn sich jede Mutter wünscht.«

Na vielen Dank, dachte Liesbeth und die Tränen verflüchtigten sich augenblicklich. Dass ihr der Bruder

8

von der Mutter tagein, tagaus als etwas Besonderes vorgehalten wurde, war schon lästig genug. Doch dies auch noch aus dem Munde des Doktors bestätigt zu bekommen, war eine Gemeinheit.

Liesbeth konnte sehen, wie es im Gesicht der Mutter kurz zuckte.

Dann murmelte sie: »Freilich, für meinen Sohn muss ich dem Herrgott dankbar sein. Wenigstens für ihn.«

Dabei interessierte es sie nicht, dass Liesbeth in Hörweite war oder nicht. Leider sprach die Mutter selten gut über sie. Wie Liesbeth diesen Groll auf sich gezogen hatte, war ihr ein Rätsel.

»Na, sehen Sie!« Doktor Gründig tätschelte ihr begütig die Schulter. »So schlecht haben Sie es doch gar nicht getroffen. Es wird schon alles wieder werden. Ich lasse Ihnen diese Kräutertinktur hier. Ob Sie Milan wieder auf die Beine bringt, bezweifle ich, aber es wird seine Beschwerden lindern.«

»Zu liebenswürdig Herr Doktor, aber ich weiß nicht, wie ich Ihnen dafür danken kann, da dieser Unglücksrabe hier«, sie deutete mit dem Finger auf Liesbeth, »soeben unsere letzten Kirschen in den Staub geworfen hat.«

Liesbeth rieb sich hastig über die Augen, um zu verhindern, dass ihr wieder die Tränen kamen.

»Heute schenke ich Ihnen die Tinktur.« Er deutete eine Verbeugung an und schwang sich auf den Bock seiner Kutsche. Groß und schlank war er, das hellbraune Haar im Nacken zu einem kleinen Zopf zusammengebunden. Liesbeth konnte den Blick kaum von ihm abwenden. Da nickte er auch ihr noch einmal kurz zu und schenkte ihr ein winziges, flüchtiges Lächeln. Schon schnalzte er mit der Zunge und das Pferd, ein alter Schecke, trabte an. Liesbeth sah ihm nach, wie er vom Hof fuhr. Die harten Worte der Mutter, die jetzt wie ein Hagelschauer über sie niedergingen, prallten ungehört an ihr ab.

Auf dem Bock seines Pferdewagens lehnte sich Doktor Gründig entspannt zurück und lächelte vor sich hin. Lange würde es nicht mehr dauern, dann würde Theda Sandrini sich in seiner Gegenwart nicht länger über die Tollpatschigkeit ihrer durchaus hübschen Tochter beklagen. Im Gegenteil. Sie würde vielmehr in Kürze damit beginnen, die Vorzüge des Mädchens zu rühmen und zu preisen, so wie sie es alle taten.

Wann immer er zu einem Haus gerufen wurde, indem sich nicht nur ein Patient, sondern auch ein Mädchen im heiratsfähigen Alter befand, durfte er dieses Schauspiel genießen. Manchmal amüsierte es ihn, doch zuweilen war es ihm lästig. Natürlich verstand er die Mütter, die ihren Töchtern eine gute Partie wünschten. Da reiche Hoferben an ihrer Tür selten Schlange standen, musste sich doch der junge und unverheiratete Arzt ködern lassen. Er war erst achtundzwanzig Jahre alt und so manches, der ihm auf diese Weise vorgeführten Mädchen, hatte durchaus einen gewissen Reiz, allerdings war er oberflächlich. Und so hatte Gründig noch jedem Backfisch widerstehen können. Er hatte gewisse Ansprüche an eine Frau, die sein Leben mit ihm teilen wollte. Kochkünste und Stickkünste interessierten ihn dabei reichlich wenig. Nein, das Mädchen, das Gründigs Anforderungen gewachsen war, würde wohl schwerlich hier auf einem der Höfe zu finden sein. Er hielt sich selbst für einen Mann der Wissenschaft und als solcher wünschte er sich eine gebildete Frau aus besserem Hause an seiner Seite.

Wonach ihm mehr der Sinn stand, als nach einer hübschen Hausfrau umgeben von einer Schar Kinder, war eine Gefährtin. Eine gescheite und mutige Gefährtin, mit der er des Abends gemeinsam Themen erörtern

konnte, die den Horizont einer Liesbeth Sandrini bei Weitem übersteigen mussten. Liesbeth. Die Kleine war niedlich, aber noch sehr jung. Heiratsfähig frühestens in zwei Jahren. Dann würde er schon dreißig sein und das könnte ihn als möglichen Kandidaten aus dem Rennen werfen. Wie schön. Eine Theda Sandrini, die ihre Tochter verheiraten wollte, konnte anstrengend für ihn werden.

Ein Schlagloch riss den jungen Arzt aus seinen Gedanken und schlug ihm fast den Hut vom Kopf. Zeit sich wichtigeren Dingen zuzuwenden. Der nächste Patient wartete schon.

Als Theda die geliebte Tochter wie einen geprügelten Hund davonschleichen sah, fühlte sie sich für einen kurzen Moment an sich selbst erinnert. An das lebenslustige, vielleicht zu lebenslustige Mädchen, dass sie vor fast zwanzig Jahren gewesen war. Jetzt, mit fünfunddreißig Jahren, fühlte Theda sich bereits alt und ausgelaugt. Die Jahre an Milans Seite waren nicht leicht gewesen. Zwar hatten sie ihr Auskommen gehabt, doch der einst so agile Milan hatte sich alsbald in einen kränklichen, hustenden Schatten verwandelt. Die Krankheiten wechselten, kamen und gingen, doch nie war Milan gesund genug. Er konnte weder das Vieh melken noch die wenigen Felder zu bewirtschaften. Ohne die Hilfe der Nachbarn und die ihrer zwei Kinder hätte sie den Hof wohl längst aufgegeben und nicht auch zuletzt sich selbst. Das allabendliche Starkbier war es, was ihr die einst so zarte Figur ruiniert hatte. Trotzdem konnte und wollte sie von ihrem einzigen Laster nicht lassen. Schon beim Aufstehen freute sie sich auf den Moment, wenn sie mit dem Krug am Feuer saß und die Schritte ihres Sohnes vor der Haustür hörte.

Clemens. Wie sehr der Junge, jetzt schon ein Mann, seinem Vater glich. Nicht Milan natürlich. Nein, es war der Kurfürst selbst, der aus seinen Augen blickte und sich in jeder weichen, ja eleganten Bewegung offenbarte.

Clemens war etwas Besonderes. Von Geburt an war der Junge zart, schön und einfühlsam gewesen. Und Clemens konnte genießen. Den Sonnenschein oder ein besonders schönes Kirchenlied, das waren Dinge, die er zu würdigen wusste. Theda widerstrebte es, Clemens zu einer Arbeit zu zwingen, die ihm nicht lag und das umfasste nahezu alle Tätigkeiten auf ihrem Bauernhof. Er war eine Leihgabe des Kurfürsten, die einmal Clemens gehören sollte. Doch Clemens war kein Bauer, so sehr er sich auch, zumindest phasenweise, abgemüht hatte, den Vater zu ersetzen. Milan jedoch war nie mit irgendetwas, was Clemens fabriziert hatte, zufrieden gewesen. Nüchtern betrachtet, nicht ganz zu Unrecht, denn die Arbeit auf dem Hof lag dem Jungen wirklich nicht. Schließlich hatte Theda ein Machtwort gesprochen und Clemens erlaubt, dem Pfarrer der Dorfkirche zur Hand zu gehen. Im Gegenzug erhielt er dafür Orgelunterricht. Es erwies sich als weise Entscheidung. Theda lächelte bei dem Gedanken daran. Es war doch so offensichtlich, wo die Talente des Jungen lagen. War es nicht ihre Pflicht, diese zu fördern? Hatte sie es nicht seinem Vater, seinem leiblichen Vater, in der Stunde des Abschieds versprochen, auch wenn dies zwangsläufig mehr Arbeit für sie selbst und ihre Tochter bedeutete?

Theda warf einen letzten Blick auf den Kirschsaftfleck zu ihren Füßen und straffte die Schultern. Liesbeth war wie sie und Milan. Das Mädchen hatte nur Unsinn im Kopf und zog Ärger an, wie das Licht die Motten. Aus Liesbeth konnte nichts Herausragendes werden. Sie war eben nicht das Kind eines Kurfürsten, sondern das eines Gauklers. Da durfte man keine hohen

12

Erwartungen haben. Doch mit strenger Hand würde Theda zu verhindern wissen, dass ihre Tochter sich in Schwierigkeiten brachte, wie sie es selbst vor langer Zeit getan hatte. Auch wenn dem Mädchen keine große Zukunft bevorstand, dass es Schande über sich brachte, würde Theda zu verhindern wissen. Von Zeit zu Zeit wurde es Theda bewusst, dass sie Liesbeth behandelte, wie sie einst von ihrer eigenen Mutter behandelt worden war. In diesen seltenen Momenten tat ihr das Mädchen fast leid und dann nahm sie sich vor nachsichtiger mit ihr zu sein. Doch es gelang ihr nie, diesen Vorsatz lange zu halten. Theda erzog ihre Tochter wie sie selbst erzogen worden war. Etwas Anderes hatte sich nicht gelernt.

Die Dämmerung war hereingebrochen. Liesbeth war auf ihre Kammer geschickt worden. Theda nahm, den Bierkrug in der Hand, am warmen Ofen Platz. Es war ihr einziges Abendessen. Die letzte Brotscheibe im ganzen Haus lag neben einem eher kleinen Schmalzrest bereit und wartete auf Clemens. Doch es war nicht der leichte, federnde Gang ihres Sohnes, den Theda jetzt vernahm. Die schlurfenden Schritte, die sich der Wohnstube näherten, kamen von der Treppe her und waren die Milans. Theda seufzte schwer, als die Türklinke sich senkte und das, was einmal ein schöner junger Mann gewesen war, eintrat.

Milans Körper war ausgemergelt und steckte in einem staubgrauen Nachthemd. Das einst volle schwarze Haar war dünn und grau geworden, ließ seine fahle Kopfhaut durchschimmern. Sein Atem ging röchelnd.

»Wo ist der Junge?«

Theda rollte entnervt die Augen. »Wo soll der schon sein? Im Pfarrhaus natürlich. Oder in der Kirche. Übt

13

das Orgelspiel.«

»Hier ist sein Platz! Hier ist genug zu tun für ihn! Das ist eines Tages sein Hof!« Milan rang nach Luft. Er hatte sich bemüht laut zu sprechen, doch schon drei kurze Sätze gingen über seine Kräfte. Theda spürte einen Anflug von Mitleid für ihn, stand auf, nahm ihm am Arm und führte ihn zur Ofenbank.

»Wir kommen zurecht, Milan. Nicht gut, aber es reicht doch fürs Nötigste. Clemens ist jung und er ist begabt. Warum soll er seine ganze Zeit im Stall und auf dem Feld zubringen?«

»Warum soll Liesbeth es? Warum du? Weil dieser Hof uns ernährt! Seine Musik wird es nicht. Nicht mal ihn selbst wird sie ernähren können. Das sind doch alles Hirngespinste.«

»Sagt mir der Mann, der einst sein Geld mit dem Jonglieren auf Jahrmärkten verdient hat.«

»Ja, das sagt dir dieser Mann!« Milan schnaufte vor Anstrengung. »Ich habe nie, nicht einen Tag vergessen, woher ich komme. Hätten wir diesen Hof nicht, läge ich längst tot neben einem Brückenpfeiler! Und deswegen soll der Junge seine Zeit und Energie darauf verwenden, was uns alle am Leben hält und letztendlich auch ihn selbst.«

»Und wenn er nicht für ein Leben als Bauer geschaffen ist?«

»Dann wird er es lernen müssen! Oder was soll aus dir und Liesbeth werden, wenn ich nicht mehr bin? Soll dieses Haus ohne einen Herren sein?«

Theda seufzte leise. Gespräche mit Milan über Clemens verliefen immer auf diese wenig erfreuliche Weise. Milan hatte keinerlei Verständnis für die Neigungen des Sohnes. Er wollte aus dem Jungen so sehr einen Bauern machen, wie Clemens selbst es nicht wollte. Für Milan war der Hof gleichbedeutend mit Wohlstand, doch Theda hätte

14

alles dafür gegeben, dem Jungen mehr bieten zu können.

»Wir kommen schon zurecht. Und du bist noch lange nicht tot, mein lieber Milan. Trink deine Medizin. Deine Tochter hat sie mit zwei zerschlagenen Einmachgläsern bezahlt. Den letzten wohlgemerkt.«

Fast geräuschlos öffnete sich nun die Außentür. Hochgewachsen, dunkelhaarig, schlank, mit vollen Lippen und markanter Nase betrat Thedas ganzer Stolz den Raum. Es kam ihr vor, als würde es sogleich ein wenig heller im Zimmer werden. Seine Züge glichen so sehr denen eines hohen Herren, das er Theda gelegentlich wie einem Gemälde entstiegen vorkam. Einem Gemälde, wie sie es in dem großen Schloss in Brühl gesehen hatte, damals vor neunzehn Jahren.

»Clemens! Guter Junge, wie schön, dass du kommst. Setz dich an den Tisch. Du wirst hungrig sein, ich habe dir Brot und Schmalz bereitgestellt.«

»Ja, Junge! Setz dich hin und iss Schmalzbrot! Das ist mehr als jeder andere in diesem Hause heute zum Abendbrot bekommen hat!«, fauchte Milan und bemühte sich, aufzustehen.

Theda konnte ein erneutes Augenrollen nicht unterdrücken.

»Ist es wahr, Mutter? Hast du noch Nichts gegessen?«

Für einen Moment sah Theda den Anflug eines Schreckens über das Gesicht ihres geliebten Sohnes huschen und lächelte ihn beruhigend an.

»Iss nur. Du wächst doch noch und hast es nötig.«

Milan gab ein Schnauben von sich. »Nötig hat der Junge eigentlich etwas völlig anderes! Und wenn ich gesund wäre, würde ich mich persönlich darum kümmern. So bleibt mir nur, dir gehörig ins Gewissen zu reden, mein Sohn.«

»Danke, aber das Schmalzbrot interessiert mich im Moment mehr«, antwortete Clemens und warf dem

15

Vater einen kühlen Blick zu.

»Du glaubst wohl, du könntest dich über mich lustig machen, weil ich krank bin!«

»Nicht weil du krank bist, sondern weil du dich nicht bemühst, gesund zu werden.«

Nur mit Mühe konnte Theda ihre Augen dieses Mal unter Kontrolle halten. Dieser Streit war alt, das Thema leidig erschöpft, doch Vater und Sohn ließen keine Gelegenheit aus, sich in die Haare zu geraten.

»Nicht bemühst? Das ist doch keine Frage von Bemühungen! Ich bin ein kranker Mann! Doch du bist jung und stark und könntest eine Forke halten oder einen Pflug bedienen, doch was machst du? Verschwendest deine Zeit! Ein Schöngeist bist du! Und dir soll ich Haus und Hof hinterlassen? Deine Schwester zeigt mehr Verantwortungsbewusstsein als du, doch die schickt man hungrig zu Bett!«

»Dann gehe ich jetzt hinauf in ihre Kammer und bringe ihr die Hälfte des Schmalzbrotes! Viel besser wäre es jedoch, wenn wir einen Vater hätten, der mehr Brot auf den Tisch bringen kann! Aber das geht nicht vom Bett aus, nicht wahr?«

Als Clemens türenschlagend die Stube verließ blickte Theda ihm nach und wandte sich dann zornig Milan zu.

»Du wirst erst zufrieden sein, wenn du ihn aus dem Haus vertrieben hast, oder?«

Milan gab keine Antwort. Schwerfällig schleppte er sich durch den Raum und verließ ihn ohne ein letztes Wort. Theda wusste, dass er sich jetzt zurück in sein Bett begeben würde und dafür war sie dankbar. Auch sie war erschöpft. Erschöpft und ausgelaugt von den ewig gleichen Streitereien. Sie hob den Bierkrug und nahm einen kräftigen Schluck.

Kapitel 2

»Schläfst du schon, Schwesterchen?«

Clemens hatte sich zwischen Rahmen und Tür geschoben. Liesbeth, die im Schein der Kerze auf ihrem Nachttisch wach im Bett gelegen hatte, hob den Kopf und grinste ihren Bruder an. Das lange dunkle Haar, das ihr offen bis zur Taille reichte, hatte sie zu einem Zopf geflochten.

»Schlafen? Bei dem Radau, den ihr da unten veranstaltet? Gar nicht dran zu denken!«

Clemens schlüpfte herein, schloss die Tür hinter sich und überreichte ihr mit einer angedeuteten Verbeugung das angebissene Schmalzbrot.

»Hier, verehrte Lieblingsschwester. Unser Abendbrot. Brüderlich geteilt.«

Liesbeth griff danach und stopfte es sich mit beiden Händen in den Mund.

»Ma Gott wei dank! If hagge wolfem Hunger!«

»Man spricht nicht mit vollem Mund« tadelte er sie, doch seine Augen lachten bei diesen Worten.

Liesbeth würgte den viel zu großen Bissen hinunter und leckte sich über glänzenden die Lippen. Clemens ließ sich auf ihrer Bettkante nieder und beobachtete sie amüsiert.

»Warum müsst ihr euch eigentlich immerzu streiten, Vater und du?«, fragte sie leise.

»Das ist eigentlich ganz einfach. Ich halte nichts von ihm und er hält nichts von mir. Schwer zu glauben, dass wir Vater und Sohn sind. Er könnte mir nicht fremder sein.«

Liesbeth musterte ihren Bruder von oben bis unten während sie sich das Schmalz von den Fingerspitzen leckte. »Ich habe es dir ja schon einmal gesagt, du siehst ihm kein bisschen ähnlich. Mir im Übrigen auch nicht.«

»Dafür bist du Mutters Ebenbild, Liesbeth. Also iss lieber nicht so viel Schmalzbrot, sonst gleichst du ihr bald nicht nur an Schönheit, sondern auch an Umfang.«

Er lachte, als Liesbeth ihr Kissen nach ihm warf und duckte sich. Das Kissen flog durch die Kammer, deren Tür sich soeben erneut öffnete und traf Theda, die keuchend und mit hochrotem Kopf im Türrahmen Halt suchte, mitten ins Gesicht.

Erschrocken schlug Liesbeth sich die Hand vor den Mund. »Entschuldige! Den ungezogenen Clemens wollte ich treffen, wirklich!«

Liesbeth erwartete wegen des Kissenwurfs ein Donnerwetter von ihrer gestrengen Mutter und wappnete sich innerlich bereits gegen die Standpauke. Doch diese blieb aus.

Das Gesicht noch immer rot, als hätte sie sich sehr beeilt hierher zu kommen, rief Theda: »Es ist euer Vater. Er hat solche Luftnot, ich glaube, er stirbt. Liesbeth, du musst den Doktor herholen. Nimm die Stalllaterne und lauf, so schnell du kannst!«

Liesbeth sprang augenblicklich aus dem Bett und zog sich ihr Kleid, ein altes Stück der Mutter in zartem Rosa, das einmal sehr elegant gewesen sein musste, jetzt aber schon recht verblichen war, über das Nachthemd. Dann suchte sie eilig ihre Schuhe.

»Es ist doch längst dunkel auf allen Straßen! Liesbeth kann unmöglich allein in der Nacht herumlaufen. Ich werde gehen«, warf Clemens ein.

Schon stand er auf, um seinen Worten Nachdruck zu verleihen. Seine Mutter rang die Hände.

»Ich brauche dich hier, Clemens. Milan hat es nicht zurück in sein Bett geschafft. Er liegt vor dem Schlafzimmer auf den Dielenbrettern! Wir können ihn dort nicht liegen lassen! Wir müssen ihn doch wenigstens

18

in die Kammer und auf sein Bett schaffen. Stell dir nur
vor, er stirbt auf dem kalten Fußboden!«

Ein Blick in Clemens Gesicht verriet, dass er diese
Vorstellung nicht einmal halb so beängstigend fand wie
seine Mutter. Doch nun war er hin- und hergerissen
zwischen ihrem Wunsch und dem Gedanken, Liesbeth
vor den Gefahren der Nacht schützen zu müssen.

Liesbeth selbst nahm ihm die Entscheidung kurzerhand
ab, indem sie sagte: »Ich bin doch kein Kind mehr,
Clemens. Der Doktor wohnt doch gar nicht weit weg,
direkt am Marktplatz gegenüber der Kirche. Mitten im
Dorf wird mir schon Nichts passieren. Nicht einmal in
der Nacht.«

Clemens zögerte noch immer, doch dann gab er dem
flehenden Blick der Mutter nach und folgte ihr aus der
Kammer. Liesbeth flitzte indes die Stufen hinunter,
suchte die Stalllaterne und fand sie neben der Haustür.
Hastig entzündete sie diese mit einem Span und rannte
hinaus ins Dunkel der Nacht.

Sie durfte den Doktor holen. Doktor Gründig, der
attraktivste Mann im ganzen Dorf. Was für ein Glück. Sie
würde an seine Tür klopfen. Er würde ihr öffnen und ihr
einen warmen Blick aus seinen schönen Augen schenken.
Und dann, ja dann...

Eine Eule, in den Ästen einer Eiche über ihr, schrie
und Liesbeth zuckte heftig zusammen. Die Wirklichkeit
hatte sie wieder und erinnerte sie unbarmherzig daran,
dass sie hier draußen war, um Hilfe zu holen. Hilfe für
ihren kranken Vater.

Die Dorfstraße, gepflastert mit kleinen Findlingen,
schimmerte feucht im Schein ihrer Laterne. Nebel wallte
zwischen den vereinzelten Gehöften, die Luft war kalt

19

und klamm. Liesbeths Atem bildete kleine Wölkchen vor ihren Lippen, als sie weiter dem Dorfplatz zu rannte. Das Haus gegenüber der Kirche, ein hübsches Fachwerkhaus mit turmartigem Erker auf der rechten Seite, war das Zuhause des Doktors. Liesbeth konnte es bereits sehen.

Während die meisten umliegenden Häuser die Fensterläden bereits geschlossen hatten, schimmerte durch die Fenster des Arzthauses noch ein warmer Lichtschein von vielen Kerzen. Liesbeth wünschte sich auch den Luxus, verschwenderisch mit Kerzen umgehen zu dürfen, doch die Mutter erlaubte es nicht. Das Geld der Sandrinis reichte einfach nicht für einen großen Kerzenvorrat.

Liesbeth übersprang die niedrige Gartenmauer des Ärztehauses, lief über die Sandsteinstufen hinauf bis zu einer Tür aus schwarzer Eiche und ließ den eisernen Türklopfer im Löwenmaul krachend auf das Türblatt fallen.

Stille.

Dann schlurfende Schritte hinter der Tür.

Das konnte doch unmöglich der Doktor sein! Oder hatte sie ihn etwa aus dem Schlaf gerissen?

Als die Tür sich öffnete, sah Liesbeth in die runzligen Gesichtszüge der alten Witwe Hufnagel, die dem Doktor den Haushalt führte. Die Alte erkannte sie ebenfalls sofort.

»Liesbeth! Guter Gott, Kind! Was treibst du dich zu dieser Zeit auf der Straße herum? Weißt du denn nicht, dass in Nächten wie diesen die Geister der Toten um die Häuser ziehen?«

Liesbeth verspürte den Drang, genau wie ihre Mutter, mit den Augen zu rollen, konnte sich aber gerade noch beherrschen. Sie fürchtete viele Dinge, aber Geister gehörten nicht dazu.

»Ich muss zum Herrn Doktor. Meinem Vater geht es

20

schlecht, er kann kaum noch atmen, vielleicht stirbt er! Bitte, kann ich hereinkommen?«

Die Alte schlug die Hände über dem Kopf zusammen und begann augenblicklich zu jammern.

»Der Milan Sandrini stirbt! Jesus, Maria und Josef, so ein junger Mann. Was für ein Schicksal, du armes Kind! Noch nicht verheiratet und schon vaterlos!«

»Mein Vater ist noch nicht tot, er stirbt nur! Vielleicht. Jedenfalls brauchen wir die Hilfe des Doktors.« Liesbeth machte schon Anstalten, sich an der Alten vorbei ins Haus zu drängen, da rief diese: »Aber der Doktor ist doch gar nicht hier! Er ist bei der Witwe Grün! Zwei ihrer Kinder haben fürchterliches Fieber. Die arme Frau. Selbst noch so jung und schon verwitwet. Und nun steht sie da mit sechs kleinen Kindern. Arm wie eine Kirchenmaus ist sie! Aber der Doktor ist ein so hochanständiger Mann und hilft ihr natürlich trotzdem. Er ist schon seit Stunden fort!«

Liesbeth war, als ob eine eiskalte Hand nach ihr griff.

»Die Witwe Grün? Ist das die Frau, die in einer Kate draußen am Dorfrand beim Fluss haust?«

»Ja, das ist sie. Aber da kannst du nicht hingehen, Liesbeth. Nicht allein. Dort ist es nicht sicher. Am Dorfrand lebt so allerlei Gesindel in selbstgezimmerten Hütten. Ja, wenn ein Dorf wächst und gedeiht, zieht es nicht nur die Rechtschaffenden an. Ein Mädchen wie du hat dort nichts verloren. Nicht bei Tag und schon gar nicht bei Nacht. Geh heim, Liesbeth und bete. Das hat schon oft geholfen.«

»Aber ich muss doch den Doktor holen!«, entfuhr es Liesbeth und schon war sie die Stufen heruntergesprungen und war mit einem Satz über die Gartenmauer.

»Kind, komm zurück! Da draußen in der Dunkelheit treibt sich jetzt nur Gesindel herum. Diebe und Mörder! Deine Mutter möchte heute Nacht nicht auch noch ihre

einzige Tochter verlieren!«

Doch Liesbeth hörte ihr nicht mehr zu. Sie hatte auch gar keine Zeit, sich um das Geschwätz einer abergläubischen Alten zu kümmern. Geister der Toten in den Straßen, das klang zu lächerlich. Diebe und Mörder klangen schon beängstigender, doch vermutlich waren die Menschen unten am Fluss nicht einmal halb so schlecht, wie ihr Ruf. Wenn der Doktor sich des Nachts in diese Gegend wagte, so konnte sie es auch. Sie war schnell und flink. Wendig und geschmeidig in den Bewegungen, wie Milan es einst zu besseren Zeiten gewesen war. Wer ihr krumm kommen wollte, musste sie erst einmal erwischen. Sie lief so schnell sie konnte über den Dorfplatz und bog in die nächstbeste dunkle Gasse ein. Von hier aus führte fast jeder Weg zum Fluss hinunter. Man musste nur lang genug laufen.

Liesbeth rannte über die unebene Pflasterung der Gasse. In ihrer Hand schwankte die Stalllaterne hin und her und zauberte bizarre Schatten an die Wände der umstehenden Häuser. Mehr als einmal glaubte sie, den Schatten einer menschlichen Gestalt oder eines Tieres ausmachen zu können, doch schon verflossen die Nebelfetzen und formten ein neues Bild. Oder ob es doch die Geister der Toten waren, die hier umgingen?

Liesbeth rannte noch schneller. Ihre Lunge brannte, durch das dünne Leder der Schuhsohlen spürte sie jeden Stein. Bald wurden die Häuser schäbiger und der Weg schlechter. In kreisrunden Vertiefungen im hellen Sand sammelten sich Schmutz und Regenwasser und vermischten sich zu einem widerlichen Brei. Mehr als einmal musste Liesbeth hastig ausweichen oder plötzlich springen, um nicht in eine der trüben Pfützen zu treten.

Immer schmaler wurde die Gasse. Und Liesbeth schien es, als würde der Nebel ständig an Intensität zunehmen.

Das macht der Fluss, dachte sie und rannte weiter. Ihre Schnelligkeit half ihr. Es war, als konnte sie ihrer eigenen Angst davonrennen.

Den ganzen Weg über war sie niemandem begegnet und das einzige Geräusch war das Schlagen des eigenen Herzens in ihrem Brustkorb gewesen. Da löste sich urplötzlich eine Gestalt aus dem Nebel vor ihr und Liesbeth konnte nicht anders. Sie schrie in Angst und Panik laut auf, stolperte und ließ die Stalllaterne fallen, die augenblicklich verlosch.

Nun hüllte Dunkelheit sie ein. Nur ganz in der Ferne schimmerte eine bleiche Mondsichel durch Wolken- und Nebelfetzen.

»Nanu, Kleines. Was machst du mitten in der Nacht hier draußen?«

Liesbeth erkannte augenblicklich die Stimme einer Frau. Sie atmete erleichtert auf. Frauen waren nicht gefährlich. Frauen halfen einander, oder? Wer immer die Fremde war, sie würde ihr sicherlich helfen können. Oder kam die Fremde doch, um sie auszurauben oder umzubringen?

Liesbeth ging in die Hocke und tastete im Dunkeln nach der Laterne. Wenn sie ohne sie nach Hause kommen würde, würde es erneut Ärger geben. Noch viel mehr als bei den Kirschen vom Nachmittag.

»Ich suche die Kate der Witwe Grün. Weißt du, wo das ist?«, fragte sie die fremde Frau in der Dunkelheit und tastete weiter mit klammen Fingern über den Boden.

Da endlich spürte sie das Glas der Laterne unter den Fingern. Es schien nicht gesprungen zu sein. Hoffentlich, dachte Liesbeth, hob sie auf und kam wieder aus der Hocke. Sie konnte die Fremde im Dunkel nicht sehen, doch sie spürte ihre Gegenwart. Ganz nah – zu nah.

23

»Was willst du denn von der Witwe?«, schnurrte eine Stimme ganz nah an Liesbeths linkem Ohr.

Liesbeth stand wie erstarrt und umfasste den Griff der Laterne fester. Zur Not würde sie damit zuschlagen müssen.

»Der Doktor ist bei ihr. Ich muss zum Doktor, mein Vater stirbt!« Und wie um einem Überfall vorzubeugen, flüsterte sie: »Geld habe ich keines und auch sonst nichts Wertvolles dabei.«

Einen Augenblick war es still in der Finsternis. Dann hörte Liesbeth erneut die Stimme der Frau. Dieses Mal nahe dem rechten Ohr.

»Und wer ist dein Vater?«

»Milan Sandrini!«, stieß Liesbeth hervor und spürte wieder wie die Angst ihre Klauen nach ihr ausstreckte.

Was sollte die Fremde davon abhalten, ihr die Kehle durchzuschneiden und ihre Taschen zu durchwühlen, um sich selbst von ihrer Leere zu überzeugen. Doch stattdessen vernahm Liesbeth ein eigenartiges Geräusch. Ganz so, als würde jemand nach Luft schnappen.

»Milan? Milan ist dein Vater?«, flüsterte die Frau.

Liesbeth nickte, doch dann fiel ihr ein, dass die Frau diese Geste in der Dunkelheit gar nicht sehen konnte und quetschte hastig ein Ja heraus.

Einen Moment lang blieb es still. Dann sprach die fremde Frau mit einem seltsam veränderten Klang in der Stimme.

»Nun, dann reich mir die Hand und lass uns zur Witwe Grün laufen. Es ist nicht mehr weit.«

In der vollkommenen Finsternis tastete eine spröde Hand nach der Liesbeths, umschloss sie und schon wurde Liesbeth fortgerissen. Ohne zu wissen, wohin sie trat oder ihr Weg führte, rannte Liesbeth an der Hand einer Fremden durch die Nacht. Einer Fremden, die den Namen ihres Vaters zu kennen schien.

24

Kapitel 3

Nur schwach zeichneten sich die Umrisse der Kate vor dem nebligen Nachthimmel ab, doch beim Näherkommen entdeckte Liesbeth einen schmalen Streifen Lichts in Bodennähe. In dem Verschlag aus Brettern konnte Liesbeth wenigstens eine Lichtquelle ausmachen.

Liesbeth fühlte, wie die Hand der Fremden sich von ihren Fingern löste. Gleich darauf wurde hart auf Holz geklopft.

»Wer ist dort?«

Liesbeth atmete erleichtert auf, als sie die Stimme des Doktors erkannte.

»Doktor Gründig! Ich bin es! Liesbeth! Meinem Vater geht es schlecht! Die Mutter sagt, ich soll sie holen!«

Ruckartig wurde die aus Brettern zusammengenagelte Tür aufgerissen und Liesbeth erkannte den jungen Doktor im Schein einer einzigen Kerze in seiner Hand. Sein Blick drückte echtes Erstaunen aus.

»Liesbeth! Was hast du mitten in der Nacht hier draußen verloren? Wie konnte deine Mutter dich nur hierher schicken?«

Er sorgte sich um sie! Wie reizend. Am liebsten hätte sie sich ihm um den Hals geworfen.

»Meine Mutter hat mich nur bis zum Dorfplatz geschickt. Doch in ihrem Haus sagte man mir, dass sie hier unten am Fluss wären.«

»Und du bist den ganzen Weg hierher in der Dunkelheit gelaufen? Tapferes kleines Mädchen.«

Liesbeth verbarg augenblicklich die erloschene Laterne hinter ihren Rücken. Sollte er sie ruhig für tapferer halten, als sie eigentlich war. Das konnte nicht schaden, solange es ihm nur gefiel.

»Was blieb mir anderes übrig? Können Sie mit mir kommen?«

Einen Moment lang sah der Doktor unschlüssig aus. Dann fiel sein Blick auf die Frau an Liesbeths Seite. Auch Liesbeth wandte sich nun der Unbekannten zu und hob überrascht die Augenbrauen.

Die Fremde war schlank und hochgewachsen. Ihr Alter ließ sich nur schwer schätzen, doch sie mochte bereits auf die dreißig zugehen. Dunkles Haar, von derselben Farbe wie Liesbeths fiel ihr offen bis zur Taille. Über einem grellroten Kleid trug sie den Gehrock eines Mannes. Unter dem Saum des Kleides lugten Reitstiefel hervor.

Doch es war nicht die Aufmachung oder die unbestreitbare Attraktivität der Fremden, die Liesbeth staunen ließ. Es waren ihre Gesichtszüge. Denn das Gesicht dieser Frau, die Liesbeth zum ersten Mal sah, hatte eine auffallende Ähnlichkeit mit jemandem, den sie kannte. Doch Liesbeth fiel nicht ein, um wen es sich dabei handelte, so sehr sie sich auch bemühte.

Von allen angestarrt, hatte die Fremde wohl das Bedürfnis etwas zu sagen. Sie räusperte sich.

»Also, ich habe die Kleine hier nur aufgegabelt, als sie mitten in der Nacht durch die Gassen strolchte. Ich habe sie hergebracht, weil ihr Vater Hilfe braucht. Einen Lohn will ich nicht und jetzt gehe ich besser wieder.«

Sie drehte sich um und wollte schon davonmarschieren, als der Doktor rief: »Nein, bitte, warte! Du kannst mir einen Gefallen tun. Du und auch Liesbeth, alle beide. Es soll euer Schaden nicht sein und ich könnte dann auch guten Gewissens zu den Sandrinis aufbrechen.«

Während die Fremde stehen blieb und den Doktor misstrauisch anblickte, war Liesbeth sich sicher, dass ihr Gesicht nur Überraschung und Ratlosigkeit ausdrückte. Was wollte Doktor Gründig von ihnen?

Als hätte er die unausgesprochene Frage gehört, setzte

26

der Doktor zu einer Erklärung an und bedeutete ihnen gleichzeitig über die Schwelle zu treten. Liesbeth folgte der Einladung augenblicklich. Die Fremde tat es eher widerstrebend.

»Es ist nämlich so: Inzwischen sind drei der Kinder und die Mutter selbst erkrankt. Bei zweien der Kinder wird sich wohl heute Nacht entscheiden, ob sie die Krankheit überstehen. Ich möchte sie nicht sich selbst überlassen. Sie haben niemanden, der sich um sie kümmert. Wenn ich mich drauf verlassen kann, dass ihr beiden alles tut, was nötig ist, um die Kranken gut durch die Nacht zu bringen, dann eile ich sofort zu deinem Vater, Liesbeth. Aber jemand muss hierbleiben und meine Anweisungen befolgen. Jemand, der mutig genug für diese Aufgabe ist.«

Er zwinkerte Liesbeth zu.

Diese nickte spontan, doch ihre Bewegung erlahmte, als sie sich im Innern der Kate umsah.

Die Behausung der Grüns bestand nur aus einem einzigen Raum. Die Küche in der sie standen, wurde durch einen stinkenden Vorhang von dem Winkel der Kate abgetrennt, in dem Liesbeth deren Bewohner vermutete. Die Mutter teilte sich wohl mit all ihren Kindern den gleichen Schlafplatz. Kein Wunder, dass das Fieber unter ihnen um sich gegriffen hatte.

Während Liesbeth noch um ihre Fassung bemüht war und nach ihrer Stimme suchte, ergriff die Fremde neben ihr schon das Wort.

»Gern tue ich es nicht. Ich will mir schließlich nichts wegholen. Doch wenn es ein wenig Kleingeld dafür gäbe...«

»Das regeln wir, wenn ich wiederkomme. Liesbeth? Was ist mit dir. Traust du dir zu, hier eine Weile auszuharren?«

Liesbeth war sich noch immer unschlüssig, ob sie das, was der Doktor von ihr erwartete, leisten konnte und wollte. Doch nach einem Blick in seine wunderbaren

27

Augen, in denen jetzt so etwas wie Hoffnung glomm, und einen kurzen Gedanken an ihren Vater nickte sie.

»Großartig!«

Doktor Gründig griff nach seinem Gehrock, der achtlos über einem Schemel neben der Tür lag und griff die daneben stehenden Arztkoffer aus dunklem Leder. Noch während er in die Ärmel schlüpfte, gab er mit schneller Stimme Anweisungen, zu denen die schöne Fremde mit ernster Miene nickte. Liesbeth hingegen hatte Schwierigkeiten, sich auf den Inhalt seiner Worte zu konzentrieren, weil das hübsche Gesicht des Doktors sie zu sehr ablenkte.

»Habt ihr alles verstanden? Gut. Das fiebersenkende Pulver steht dort auf dem Tisch. Es muss alle Stunde verabreicht werden. Das Fieber darf nicht mehr weiter steigen, sonst kommt es zum Schlimmsten. Ich verlasse mich auf euch und bin hoffentlich im Morgengrauen zurück.«

Schon war er zur Tür hinaus und Liesbeth starrte verzückt auf den Punkt, an dem er gerade noch gestanden hatte. Derweil hatte die Fremde sich mit einer schnellen Bewegung das kleine, dunkelbraune Medizinfläschchen vom Tisch in der Raummitte gegriffen und es geöffnet. Vorsichtig roch sie daran und verzog dann kurz das Gesicht. Dann ließ sie es in den Falten ihres Kleides verschwinden.

»Was soll das?«

Liesbeth war sofort alarmiert.

»Stell die Medizin wieder zurück, wir müssen sie den Kranken jede Stunde geben.«

»Ach, und woher weißt du, wann die Stunde um ist? Oder hast du etwa eine Taschenuhr bei dir, Tochter von Milan?«

Liesbeth zuckte zusammen. Eine derartige Kostbarkeit besaß sie natürlich nicht.

28

»Hört man denn hier am Fluss nicht das Läuten der Kirchturmuhr?«

»Nicht in Nächten wie dieser, Tochter von Milan. Der Nebel verschluckt ihren Schall.«

»Ich heiße Liesbeth«, antwortete Liesbeth mit einer Spur von Verzweiflung in ihrer Stimme. »Und was sollen wir jetzt tun?«

Statt einer Antwort, blickte die Fremde sich suchend um. Schließlich schien sie gefunden zu haben, nach was sie Ausschau gehalten hatte und griff unter den Tisch nach einem Holzeimer, der schon bessere Tage gesehen hatte.

»Liesbeth, wie niedlich. Ich bin Hilda, und ich bin lange genug durch die Lande gefahren und habe genug gesehen, um zu wissen, was hier zu tun ist. Dazu braucht man nun wirklich kein Arzt zu sein.«

Hilda deutete auf den Eimer in ihrer Hand.

»Ich gehe jetzt und hole Wasser vom Fluss. Ich werde mich beeilen.«

»Wasser vom Fluss, aber wozu? Und was soll ich inzwischen machen?«

»Du hältst das Feuer in dieser lachhaften Feuerstelle in Gang, damit es warm bleibt und wir das Wasser erhitzen können, wenn ich wiederkomme. Dann nimmst du dir die kranken Kinder, hältst sie im Arm und singst ihnen etwas vor oder erzählst ihnen eine Geschichte. Das wirst du doch wohl können, oder?«

In Hildas Blick lag Spott und Überheblichkeit. Liesbeth spürte Ärger in sich aufsteigen.

»Können schon, aber ich frage mich, wie das Singen gegen das Fieber helfen soll!«

»Ja, du dummes Ding, das fragst du dich natürlich. Aber da du es nicht besser weißt, tust du jetzt einfach, was ich dir gesagt habe!«

Mit diesen Worten stürmte Hilda aus der Kate und

ließ die Tür so schwungvoll zuschlagen, dass die Wände erbebten. Liesbeth verspürte den Drang, ihr nachzulaufen, um ihr die Meinung zu sagen, besann sich aber eines Besseren und näherte sich vorsichtig dem Vorhang hinter welchem die Kranken still liegen mussten. Sie zögerte. Eigentlich, und das wusste sie sehr genau, war sie kein mutiger Mensch. Leichtsinnig vielleicht und darüber hinaus auch noch ungeschickt, aber mutig war sie nicht. Krankheiten fürchtete sie, Elend stieß sie ab, und nach beidem roch es in dieser Kate nur zu sehr.

Es kostete sie einige Überwindung und dauerte mehrere Atemzüge, bis Liesbeth den Vorhang beiseiteschob und in die Schlafecke spähte.

Gründig war derweil durch das dunkle Dorf zurück zu seinem Haus gehastet, hatte dort in aller Eile angespannt und saß nun wieder auf seinem Bock, mit den Gedanken bei dem kleinen Mädchen, welches er mit einer großen Aufgabe in einer schmutzigen Hütte zurückgelassen hatte.

Er konnte nicht anders, als die Kleine für ihren Mut bewundern. Nicht viele Mädchen hätten sich mitten in der Nacht in eine solche Gegend gewagt, noch weniger sich der Gefahr eines möglicherweise ansteckenden Fiebers ausgesetzt. Liesbeth musste ihren Vater sehr lieben und zudem über eine große Portion Mut und Selbstbewusstsein verfügen. Gründig, der bis jetzt in ihr nur ein kleines Bauernmädchen gesehen hatte, konnte sich nicht dagegen wehren, Liesbeth interessant zu finden. Wer weiß, was noch alles in der Kleinen steckte.

Ein einziges Bett aus besseren Tagen stand hinter dem Vorhang. In der Mitte des Bettes lag, in eine Flickendecke gehüllt, die Mutter der Kinder, die Witwe Grün, und schlief. Liesbeth erschrak beim Anblick ihres ausgemergelten Gesichts. Die Witwe konnte noch nicht alt sein, sicherlich jünger als Liesbeths Mutter. Doch mit dem Mann hatte sie wohl auch Hab und Gut verloren. Geblieben waren ihr nur ein einst schönes Bett und eine Schar Kinder. Was für ein Schicksal. Liesbeth schnürte es die Kehle zu.

Um die Ärmste herum lagen, kauerten und hockten Kinder im Alter zwischen drei und zehn Jahren, sechs an der Zahl. Die beiden Kranken unter ihnen waren leicht zu erkennen. Es handelte sich um die beiden Jüngsten, die still und mit geschlossenen Augen nah bei der Mutter lagen.

Liesbeth zögerte erneut. Was, wenn dieses Fieber eine tödliche Gefahr war, der sie sich jetzt auch selbst aussetzte? Was, wenn sie heute die Heldin spielte und schon morgen diesen Heldenmut mit ihrem Leben bezahlen musste?

»Kannst du uns eine Abenteuergeschichte erzählen?«, fragte ganz unvermittelt das älteste Kind. Ein Junge mit rötlichem Haar und dem Gesicht voller Sommersprossen.

Liesbeth wurde bewusst, dass die Kinder hinter dem Vorhang natürlich jedes davor gesprochene Wort mitverfolgt hatten und jetzt voller Erwartung waren. Zögernd nahm Liesbeth auf der Bettkante Platz und noch zögerlicher nahm sie das Kleinste der kranken Kinder in den Arm und begann, es sacht hin und her zu schaukeln. Der kleine Wurm regte sich nicht und Liesbeth konnte die Hitze spüren, die von dem kleinen Körper ausging. Schon kehrte ihre Angst vor Ansteckung zurück. Wie um sich selbst zu beruhigen, begann sie eine Geschichte, an die sie sich gerne erinnerte, zu erzählen. Ihr Vater hatte sie ihr vor langer Zeit an einem Abend unter freiem Himmel erzählt. Es war die abenteuerliche Geschichte eines jungen Mädchens, das sich in einen Prinzen verliebt und ihn verloren hatte. Erst eine abenteuerliche Reise durch die halbe Welt hatte sie einander wiederfinden lassen. Doch da erkannte die Heldin, dass sie den Prinzen gar nicht mehr liebte. Sie hatte sich in den einfachen Mann, der sie auf ihrer abenteuerlichen Reise begleitet hatte, verliebt.

Liesbeth liebte diese Geschichte und hatte ihren Vater noch oft gebeten, sie ihr erneut zu erzählen. Doch der hatte dann immer nur zur Mutter herüber geblickt und sie auf ein anderes Mal vertröstet. Liesbeth vermutete, dass ihre Mutter die Geschichte aus irgendeinem Grund nicht leiden konnte. Vermutlich hätte die Mutter sich in einer solchen Situation nicht für den armen Geliebten, sondern für den Prinzen entschieden. Unromantisch aber praktisch, so war die Mutter eben.

Während die gesünderen Kinder wie gebannt an Liesbeths Lippen hingen, schlief die Mutter den Schlaf der Erschöpften und auch das Kind in Liesbeths Armen regte sich nicht. Doch es kam ihr so vor, dass die Atemzüge des Kleinen ruhiger und regelmäßiger geworden waren und auch das kleine Gesicht wirkte entspannter als zuvor. Obwohl ihre Angst abnahm und der Moment etwas Heimeliges hatte, war Liesbeth froh, als sie vor der Kate Schritte hörte und gleich darauf die Tür aufgestoßen wurde.

Hilda war tatsächlich zurückgekehrt. Liesbeth hatte schon Bedenken gehabt, weil die Frau so lange fortgeblieben war.

Einen Augenblick später erschien das so seltsam

32

vertraute Gesicht neben dem beiseitegeschobenen Vorhang.

»Leg das Kind weg und hilf mir, hopp, hopp.« Hilda hielt ihr beim Eintreten in den Wohnküchenraum der Kate einen Stofffetzen hin. »Reiß das in Streifen und tunke es ins kalte Wasser. Dann wickelst du den Kranken die Binden um die Fußknöchel. Ich mache derweil einen Kräutertee.«

»Was ist aus dem Medizinfläschchen geworden?«

»Das brauchen wir nicht. Mein Tee wirkt besser und zuverlässiger als die Pulver der Doktoren. Und nun fang an.«

Liesbeth gehorchte. Während sie die Kranken mit eiskalten Wadenwickeln versorgte, durchzog ein fremder, krautiger Geruch die Küche. Bald darauf erschien Hilda am Krankenbett, in den Händen einen dampfenden Tonbecher.

»Mach sie wach. Sie müssen trinken.«

»Was ist da drin?«

»Beinwell, Pestwurz, ein wenig Ingwerwurzel und... ach, davon verstehst du doch nichts. Es sind meine Kräuter, ich habe sie in mühevoller Arbeit zusammengetragen. Und wenn ich sie schon hergebe, um dieser fremden Familie zu helfen, dann steht mir zumindest im Tausch das Pulver des Doktors zu. Es findet sich bestimmt ein Dummer, der es mir abkauft.«

»Und du weißt wirklich, was du da tust? Es ist keine Giftmischung in diesem Becher?«, fragte Liesbeth und fröstelte plötzlich.

Ihr war nicht wohl dabei, die Anweisungen des Doktors zu missachten, wo er doch so viel von seiner Arbeit verstand. Wer war schon diese Hilda und woher nahm sie ihr Wissen?

»Wie kann ein Kräutertee mehr bewirken, als die Medizin eines Arztes?«, fragte Liesbeth misstrauisch.

33

Hilda lachte nur, schüttelte die Witwe Grün grob an der Schulter und zerrte sie in eine sitzende Position, sobald sie die Augen aufschlug.

Die kranke Frau schien gar nicht recht zu begreifen, was vorging, nahm aber gehorsam den Becher in die Hände und trank ein paar Schlucke.

»Austrinken, los!«, befahl Hilda ungeduldig.

Kaum war die Kranke ihrer Bitte nachgekommen, eilte Hilda mit dem leeren Becher davon und füllte ihn erneut. Die beiden Kinder zum Trinken des Gebräus zu überreden, gestaltete sich als schwieriger, doch schließlich waren alle versorgt worden und Liesbeth machte Anstalten, sich von der Bettkante zu erheben.

»Wo willst du hin? Kinder schaukeln und singen und Geschichten erzählen sollst du!«

»Immer noch?«

»Unterschätze nicht die Wichtigkeit von Nähe und Geborgenheit. Sie kann genauso heilen wie eine gute Medizin«, antwortete Hilda.

Sie nahm nun ihrerseits eines der kranken Kinder auf den Schoss und begann leise eine Liesbeth unbekannte Melodie zu summen. Liesbeth zog sich das andere Kind auf den Schoß und schaukelte es sanft hin und her. Der Rest der Rasselbande saß schweigend auf dem Bett und hielt einander fest an den Händen.

Hoffentlich, dachte Liesbeth, hoffentlich muss heute Nacht niemand sterben. Keiner hier und keiner daheim.

Sie dachte an den Vater und sprach in Gedanken ein kleines Gebet, bevor sie sich erlaubte, an den Doktor zu denken. Stunden verstrichen. Das Kind auf ihrem Schoß unermüdlich schaukelnd, Hildas Gesumme in den Ohren, spürte Liesbeth, wie ihre Lider schwer wurden und ihr Geist langsam abdriftete.

Kapitel 4

»Das ist ja großartig! Das Fieber ist gesunken! Wirklich, ich hatte mir die allergrößten Sorgen gemacht, was ich hier vorfinden würde, aber das Pulver hat mehr vermocht, als ich es ihm selber zugetraut hätte.«

Liesbeth erwachte aus ihrem Halbschlaf, riss die Augen auf und sah Doktor Gründig freudestrahlend neben dem Krankenbett stehen. Sie selbst hielt noch immer eines der Kinder auf dem Schoß. Es fühlte sich gar nicht mehr heiß an.

»Wirklich ganz erstaunlich. Ist von dem Pulver noch etwas über?«

»Wir haben es verbraucht. Ich habe mir erlaubt, die Flasche an mich zu nehmen.«

Zumindest der zweite Satz aus Hildas Mund war keine Lüge gewesen, dachte Liesbeth und legte das Kind vorsichtig zurück auf das Bett. Derweil hatte Doktor Gründig ein paar klimpernde Münzen in Hildas offene Hand fallen lassen, die diese mit einem kleinen Knicks kommentierte und in ihre Rocktasche gleiten ließ.

»Als Dank für ihre Mühen«, sagte er und erwartete, dass Hilda augenblicklich die Kate verlassen würde.

Doch stattdessen fragte sie: »Wie geht es Milan?«

Seltsam, dachte Liesbeth. Wäre es nicht an ihr gewesen, diese Frage zu stellen? Auch der Doktor schien verwundert. Doch er antwortet ihr, wie er es wohl für angemessen hielt.

»Es war ein heftiger Anfall, doch er hat ihn überstanden. Seine Lunge wird es noch eine Weile machen. Allerding fürchte ich, dass es eine wirkliche Heilung in seinem Falle nicht gibt. Ganz anders als hier.«

Freudig blickte er jetzt auf die Familie Grün herab,

35

deren Mutter das Lächeln schon fast erwidern konnte.

»Hier gibt es nichts mehr zu tun. Liesbeth, ich bin mit dem Wagen da. Steig auf den Bock, ich bring dich heim.«

Er hatte den Satz kaum beendet, als die Tür der Kate zuschlug. Hilda war ohne ein Wort des Abschieds gegangen.

Träge zockelte der Einspänner des Doktors dahin und näherte sich unaufhaltsam dem Hof der Sandrinis.

Sehr zu Liesbeths Verdruss, denn sie genoss es, nah beim Doktor zu sitzen und seiner Stimme zu lauschen, auch wenn sie das, was er sagte kaum wahrnahm.

»Liesbeth? Ich habe dich etwas gefragt. Wie denkst du darüber?«

Liesbeth spürte wie sie errötete und versuchte krampfhaft, sich an den Inhalt seiner Worte zu erinnern. Vergeblich.

»Natürlich würde ich dir keine schweren Aufgaben anvertrauen. Nicht schwerer als das, was du heute Nacht schon gemeistert hast. Also, was sagst du?«

Sie hatte keine Ahnung, worum es ging, aber sie beschloss, einfach einzuwilligen. »Ja, sicher. Gern. Das klingt toll!«

»Großartig!« Der Doktor wirkte erleichtert. »Das wird mir eine große Hilfe sein, und für deine Mutter eine wirkliche Erleichterung. Sie weiß ja jetzt schon nicht mehr, wie sie mich bezahlen soll.«

Liesbeth nickte und lächelte unsicher. Worauf hatte sie sich gerade eingelassen?

Ihre Fragen wurden beantwortet, als der Doktor sie, nicht wie erwartet vor dem Hof absetzte, sondern selbst abstieg, ihr galant vom Kutschbock half und an ihrer

36

Seite die Wohnstube der Familie betrat.

Am Küchentisch saßen eine erschöpft wirkende Theda und ein übermüdeter Clemens.

»Frau Sandrini, ich bringe Ihnen ihre Tochter zurück und damit gleichzeitig die Lösung all unserer Probleme. Ihrer und der meinen. Sie hat sich heute Nacht so wacker geschlagen, ich selbst hätte kein besseres Ergebnis erzielen können.«

Ungläubig ruhte der Blick Thedas auf Liesbeth, die genauso ungläubig zurückblickte. Sichtlich bemüht ihre Ratlosigkeit zu verbergen, wandte sich Theda an den Doktor.

»Ich bin Ihnen sehr dankbar, dass sie mir meine Tochter zurückgebracht haben und freue mich auch, dass sie Ihnen nützlich sein konnte. Aber ich weiß nicht, inwiefern das Kind meine Probleme lösen kann. Ich habe hin und her überlegt, Herr Doktor. Ich kann das Geld für die Medizin, die Sie Milan empfohlen haben, nicht aufbringen. Wir kommen ja auch so schon kaum über die Runden.«

»Deswegen, Frau Sandrini, habe ich Liesbeth eine Stellung bei mir angeboten und sie hat eingewilligt.«

»Ach!«, entfuhr es Theda und Liesbeth gleichzeitig. Letztere biss sich allerdings rasch auf die Lippen.

»Liesbeth wird mich zukünftig bei meinen Krankenbesuchen begleiten, mir zur Hand gehen und, wenn nötig, die Pflege alleinstehender, hilfloser Patienten übernehmen. Ich werde sie natürlich für diese Dienste entlohnen, sie jeden Abend persönlich nach Hause bringen und ihren Gatten dafür kostenlos behandeln. Wie hört sich das an?« Der Doktor stand mit stolz geschwellter Brust da, als hätte er selbst soeben eine große Leistung vollbracht. Liesbeth war sich nicht ganz sicher, wie es sich für sie anhörte. Einerseits war es verlockend, von nun an jeden Tag neben dem Doktor auf dem Kutschbock zu sitzen. Andererseits war der Gedanke, sich von nun an tagtäglich mit Kranken und ihren Leiden zu umgeben, fürchterlich!

Auch Theda schien zu zögern. »Nun, das klingt zunächst natürlich wirklich nach einer guten Lösung. Aber Liesbeth wird hier auf dem Hof gebraucht. Ich kann die ganze Arbeit schlecht alleine tun, verstehen Sie, Herr Doktor? Und Clemens muss schließlich an der Orgel üben.«

»Ich kann Liesbeths Pflichten mitübernehmen, Mutter. Die Orgel muss eben eine Weile zurückstehen«, meinte Clemens und lächelte unsicher. Auch ihm schien die Lösung nicht uneingeschränkt zuzusagen.

»Das kommt gar nicht in Frage. Du hast ein Talent und musst es fördern, Junge«, sagte Theda in einem Ton, der keinen Widerstand duldete.

Liesbeth spürte schon wieder Ärger in sich aufsteigen. Bei Theda drehte sich alles immer nur um Clemens. Ihr Mann, der Hof, ihre Tochter, alles kam danach und zwar genau in der Reihenfolge.

Ärgerlich rief sie aus: »Ein Talent, dass weder Brot noch Geld in dieses Haus trägt, kann auch mal warten, Mutter. Sogar Clemens sieht das ein!«

Ihre Mutter sah unschlüssig von einem zum anderen. Dann schien sie in sich zusammenzusacken und schlug die Augen nieder.

»Gut, für eine Weile mag es gehen.«

Dann richtete sich Theda ruckartig wieder auf und sah Liesbeth scharf an. »Aber du, mein Kind, wirst dich gefälligst anständig betragen!« Ihr Blick glitt hinüber zu Doktor Gründig. »Und von Ihnen erwarte ich das Gleiche.«

»Selbstverständlich. Heute sollte sich Liesbeth nach der anstrengenden Nacht aber erst einmal etwas Ruhe gönnen. Morgen hole ich sie dann im Laufe des Vormittages ab.

38

Es sind ein paar Hausbesuche zu machen.«

Augenblicklich schwankte Liesbeth zwischen freudiger Erwartung und den schlimmsten Befürchtungen. Was würde der nächste Tag bringen?

Auch dieses Mal, als Gründig wieder den Hof der Sandrinis verließ, lächelte er bei dem Gedanken an Liesbeth. Das Mädchen hatte ihn erstaunt und überrascht. Wie bereitwillig, ja, fast begeistert sie sich der neuen Aufgabe an seiner Seite stellte. Gründig war sich sicher, eine gute Entscheidung getroffen zu haben. Liesbeth war ein ganz besonderes Mädchen, ein mutiger Mensch, der seine Zeit nicht mit dem Melken der Kühe zubringen sollte. Sicher war sie lernfähig und lernwillig. Sie würde ihm eine gute Gehilfin sein und an seiner Seite durch seine Unterstützung Qualitäten entwickeln, die für seine Patienten von großem Wert sein würden.

Außerdem war sie auch noch hübsch, wenn er es so recht bedachte.

»Aber jung, Gründig, sehr jung. Und letzten Endes doch nur ein Bauernmädchen«, schalt er sich selbst und trieb den Schecken vor sich an.

»Du bist doch die Liesbeth Sandrini. Wie kommt der Doktor dazu, mir so ein afrikanisches Balg in meine Küche zu schleppen?«

»Italienisch! Sandrini ist ein italienischer Name. Und außerdem habe ich Italien nie gesehen und mein Vater, glaube ich, auch nicht. Zumindest spricht er kein Italienisch.«

»Das wäre ja wohl auch noch schöner! Lebt hier in unserem Lande, da soll er gefälligst auch die richtige Sprache sprechen!«

Liesbeth verkniff sich eine weitere Bemerkung und nahm die Schüssel mit Erbrochenem von der Bettdecke, die die alte Hedda Harms mit ihren knotigen Fingern noch immer umklammert hielt. Übelkeit stieg in ihr auf, als ihr der beißende Geruch der Magensäure in die Nase stieg.

»Ich werde das hier besser ausleeren. Ihr Magen scheint sich ja gerade etwas zu beruhigen.«

»Natürlich kann er sich beruhigen, jetzt, wo das Gift heraus ist! Vergiftet worden bin ich, jawohl!«

»Nun mal langsam«, fiel ihr der Doktor ins Wort, der bis gerade noch den Puls der Alten getastet hatte. »Wer sollte Ihnen denn Schaden zufügen wollen?«

»Zum Beispiel die Mutter dieses afrikanischen Balgs hier! Eine rechthaberischere Frau als die ist mir noch nie untergekommen! Dabei stammen sie ja gar nicht von hier! Zugezogen sind sie! Aber sie glauben, sie hätten das Recht, zu allem und jedem eine Meinung äußern zu dürfen! Unverschämtheit! Sind sie überhaupt Bürger? Sind sie getauft? Man weiß es nicht!«

Liesbeth hörte der Frau nicht mehr zu. Stattdessen verließ sie, die Schüssel mit dem Mageninhalt der Alten vor sich hertragend die Schlafkammer und verließ das Haus durch die Hintertür. Während sie den Inhalt der Schüssel auf den Misthaufen kippte, dachte sie über die Behauptung der Alten nach, sie sei vergiftet worden. Konnte so etwas stimmen? Doch, das konnte es bei näherer Betrachtung der Person Hedda Harms. Es stellte sich eher die Frage, wer im Dorf wohl keinen Grund hatte, Hedda Harms zu schaden? Ein bösartigeres Weib gab es nach Liesbeths Meinung gar nicht. Wenn es nach ihr gegangen wäre, dann würde der Doktor

40

jetzt nicht seine Medizin und seine Heilkunst an diese Frau verschwenden, sondern der Natur ihren Lauf lassen. Hedda Harms stellte wahrlich keinen Verlust dar. Sicher gab es eine Menge Menschen, die seiner Hilfe bedurften. Konnte er da nicht die bevorzugen, die sie auch verdienten?

»Vermutlich nicht«, sagte Liesbeth zu sich selbst und ging zurück ins Haus.

Ihr Doktor war eben ein gerechter Mann mit edlem Gemüt. Als sie die Schlafkammer erneut betrat, hörte sie den Doktor sagen:

»Es wird wohl eher eine leichte Magenverstimmung sein. Ruhen Sie sich heute aus, morgen geht es sicher wieder besser.«

»Ausruhen? Also dazu bleibt mir nun wirklich keine Zeit! Auf dem Brunnerhof ist die Bäuerin verstorben und da braucht man mich, um die Tote herzurichten. Ohne mich würde es in diesem Dorf nicht eine vernünftig hergerichtete Leiche geben.«

Das hielt Liesbeth für ein Gerücht. Sie glaubte vielmehr, dass sich die Alte als Dank für ihre Dienste persönliche Gegenstände der Verstorbenen aneignete. Liesbeth hatte ihre Mutter diesen Verdacht schon öfter äußern hören.

»Selbstverständlich werden Sie selbst am besten wissen, was Ihnen gut tut. Ich kann Ihnen nur zur Ruhe und Schonung raten.«

»Lassen Sie mir einfach irgendein Pulver da, Herr Doktor. Eines gegen die Magenschmerzen. Dann werde ich schon zurechtkommen.«

Doktor Gründig platzierte ein kleines braunes Fläschchen auf ihrem Nachttisch und erhob sich.

»Und was bekommen Sie dafür?«

»Nichts, Frau Harms. Das bekommen Sie ohne Bezahlung von mir.«

»Was nichts kostet, taugt auch nichts, haben Sie das

41

gehört, Herr Doktor? Ich will eine Medizin, die etwas kostet!«

Gehorsam steckte Doktor Gründig das Fläschchen zurück in seine Tasche und holte ein anderes hervor.

»Dieses hier ist recht teuer. Aber Sie dürfen nur drei Tropfen pro Stunde nehmen, nicht mehr. Haben Sie gehört?«

»Ich bin ja nicht taub! Lassen Sie sich das Geld von meiner nichtsnutzigen Schwiegertochter geben. Die treibt sich sicher hier irgendwo herum.«

Mit einer Verbeugung verließ Gründig die Schlafkammer der Alten und zog Liesbeth mit sich. An der Haustür verabschiedete er sich von der verschüchtert dreinblickenden Schwiegertochter der alten Harms, ohne ihr gegenüber die teure Medizin zu erwähnen. Stattdessen fragte er die unsichere Frau nach ihrem Ehemann und dessen Aufenthaltsort.

»Der Bernd baut am Zaun. Er zäunt den ganzen Hof neu ein.«

»Dann bestellen Sie ihm Grüße und er soll Ihnen mal ein paar freie Stunden ermöglichen. Sie sehen aus, als ob Sie sie nötig hätten, Frau Harms.«

Diese nickte nur und gab dem Doktor zum Abschied die Hand. Liesbeth tat sie leid, obwohl sie nicht genau wusste, warum. Die junge Frau Harms sah einfach nicht glücklich aus. Beim Verlassen des Hauses konnte sie in der Ferne auf einem Hügel einen breitschultrigen Mann an einem gewaltigen Holzzaun arbeiten sehen. Fast wirkte es, als wolle der Bauer Harms seinen Hof in eine Festung verwandeln. Was er wohl draußen halten wollte, überlegte Liesbeth, stellt die Frage aber nicht laut, sondern stieg wortlos zu Gründig auf den Bock. Erst später, als sie Seite an Seite auf dem Bock des Fuhrwerks über einen Ackerweg zockelten, stellte Liesbeth ihm eine ganz andere Frage.

42

»Warum haben Sie sich von der jungen Frau Harms kein Geld für die Medizin geben lassen?«

Gründig lachte auf.

»In der Flasche ist nur Zuckerwasser, Liesbeth. Die alte Frau braucht keine Medizin, sondern nur ein wenig Ruhe und ein paar frohe Gedanken. Wobei letzteres schwerer zu bewerkstelligen sein dürfte. Ihr Sohn ist ein wortkarger Geselle und ihre Schwiegertochter macht irgendwie einen verängstigten Eindruck auf mich. Kein fröhliches Haus, wenn du mich fragst. Und sie selbst trägt ihren Teil dazu bei.«

Am Abend dieses sehr langen Tages saß Liesbeth neben dem Doktor auf dem Kutschbock und hatte Mühe die Augen offenzuhalten. Stundenlang hatte sie ihm Säfte und Tinkturen gereicht, eitrige Verbände gewechselt und eine schreckliche Krankengeschichte nach der anderen ertragen.

Beim ersten Patienten hatte sie sich noch am hübschen Gesicht des Arztes erfreuen wollen, doch schnell hatte sie begriffen, dass Konzentration einen großen Teil ihrer neuen Aufgaben ausmachte. Irgendwann war ihr seine Attraktivität und das weiche Haar völlig egal gewesen, weil der Geruch von Krankheit und Elend stärker gewesen war, als jeder Tagtraum. Jetzt fühlte sie sich müde und ausgelaugt und sie fror. Die Herbstsonne war schon fast ganz untergegangen. Erneut zog der Nebel auf, hing unter den Bäumen, wallte auf dem schmalen dunklen Waldweg. Feuchtigkeit durchdrang den Stoff ihrer Kleidung und ihres Schultertuchs. Fröstelnd schlang sie die Arme um den Körper. Irgendwo in der Nähe flatterte ein schimpfender Vogelschwarm auf und Zweige knackten, als ob ein großes Tier durch das Unterholz

43

strich. Hoffentlich kein angriffslustiges Wildschwein

»Ist dir kalt? Wir sind gleich da. Dieser Weg ist eine Abkürzung. Du wirst im Nu bei deiner Mutter in der warmen Stube sitzen.«

Liesbeths Antwort bestand aus einem Nicken, da sie fürchtete, dass ihre Zähne klappern könnten.

Plötzlich ging ein Ruck durch das Gefährt, der Liesbeth fast vom Bock katapultiert hätte. Ihre Hände klammerten sich an die hintere Lehne, während sie vor Angst aufschreiend beobachtete, wie der Schecke in seinem Gespann stieg und dabei den Wagen gefährlich ins Wanken brachte.

»Ruhig! Ruhig! Was ist denn los mit dir?«, versuchte Doktor Gründig das Tier zu beruhigen.

Doch das Pferd schnaufte und trampelte auf der Stelle, nicht bereit, auch nur einen einzigen Schritt weiter zu gehen. Sekunden, eben lang genug für Liesbeth, in Gedanken ein Gebet herunter zu rasseln, vergingen. Schließlich senkte das Pferd unwillig seine Vorderhufe wieder auf den Weg.

»Alles in Ordnung?« Doktor Gründig griff Liesbeth unter das Kinn und sah ihr prüfend in die Augen.

Diese flüsterte: »Ja«, und ließ endlich die umklammerte Lehne wieder los. Er lächelte sie an. »Tapfere Kleine.«

Sie lächelte halbherzig zurück. Für ihn war sie gern tapfer. Noch viel lieber aber, wäre sie in seiner Nähe gern schwach gewesen, doch daran schien er nie auch nur zu denken.

Während der Doktor sofort vom Wagen sprang, um zu sehen, was das Pferd so erschreckt hatte, brauchte Liesbeth einen Moment, bis ihre zitternden Beine wieder ihren Dienst antraten. Vorsichtig ließ sie sich vom Kutschbock gleiten und ging an dem noch immer schnaubenden Pferd vorbei. Sie wollte bei ihm sein, seine Nähe spüren.

44

Vorn auf dem Weg kauerte der Doktor vor einem schwarzen unförmigen Bündel am Boden. Eine innere Stimme warnte Liesbeth davor näher heranzutreten, doch irgendetwas anderes trieb sie weiter voran. Vorsichtig spähte sie über die Schulter des am Boden hockenden Gründig und bereute es sofort. Ein weiterer Schrei löste sich so unvermittelt aus ihrer Kehle, dass Liesbeth sich nicht einmal sicher war, ob sie selbst ihn ausgestoßen hatte. Gründig vor ihr sprang auf die Füße, wirbelte herum und nahm sie in die Arme. Seine Hand presste ihren Kopf an seine Brust, damit sie nicht mehr sehen konnte, was dort vor ihnen in der feuchten Erde lag, doch es war schon zu spät. Liesbeth hatte das Gesicht oder was davon noch übrig war und welches jetzt zu einem zerstörten leblosen Körper gehörte, erkannt. Dort auf dem Weg lagen die Überreste von Hedda Harms. Der bösartigen Alten, der sie noch heute Mittag den Mundwinkel abgetupft hatte. Liesbeth spürte, wie ein Zittern ihren ganzen Körper erfasste.

»Was ist ihr passiert? Ist sie tot?« stammelte sie. Ihre eigene Stimme klang für sie seltsam fremd und hohl.

»Ja, sie ist tot. Und was ihr passiert ist, kann ich nicht sagen. Irgendetwas scheint sie… zerrissen zu haben.«

Auch die Stimme vom Doktor klang seltsam hoch in Liesbeths Ohren. Sie fühlte, dass die Hand, die noch immer ihr Gesicht an seine Brust drückte, leicht zitterte.

Eine Ewigkeit schien zu vergehen. Eine Ewigkeit, in der sie einfach nur dastanden und einander festhielten. Eine Ewigkeit, die Liesbeth sicher genossen hätte, wäre da nicht der tote zerstörte Körper einer alten Frau vor ihr auf dem Weg gewesen.

Schließlich löste er sich von ihr und blickte sie prüfend an. Nach einer Weile nickte er.

»Es hat den Anschein, dass du mir nicht ohnmächtig wirst, sehr gut. Du bist wirklich ein ganz ungeheuerliches

45

Mädchen.«

Liesbeth war es, als würde nur seine gute Meinung von ihr sie auf den Füßen halten. Sie zwang sich, ruhig zu atmen.

»Hör mir jetzt gut zu, Liesbeth: Ich werde dich jetzt nach Hause fahren, um dann möglichst rasch gemeinsam mit dem Pfarrer die Familie Harms aufzusuchen. Außerdem muss ich dem Richter und seinen Bütteln Bescheid geben. Hier scheint mir etwas nicht mit rechten Dingen zugegangen zu sein.«

»Was meinst du damit?«

»Möglicherweise ist Frau Hedda Harms absichtlich getötet worden.«

Jetzt hatte Liesbeth für einen Moment wieder das Gefühl, ihre Beine würden einfach unter ihr nachgeben, doch sie hielt sich wacker.

»Aber wer würde denn so etwas Furchtbares tun und warum?«

»Wegelagerer vielleicht, die Münzen in ihrer Schürze vermuteten. Oder Zigeuner? Denen kann man auch nicht trauen.«

Liesbeth erwiderte nichts. Sie dachte an die Menschen, die sie kannte. An die Bewohner ihres Dorfes. War einer unter ihnen möglicherweise fähig zu morden? Aus Habgier oder Hass oder beidem? Fröstelnd dachte sie an die baufälligen Katen in Flussnähe, wo sich die Ärmsten zusammenrotteten. Konnte der, der das hier verursacht hatte, von dort stammen?

»Komm jetzt, Liesbeth. Steig zurück auf den Wagen. Ich werde das Pferd am Halfter nehmen und an der Toten vorbeiführen. Halt dich fest, es wird etwas holperig.«

Zurück auf dem Kutschbock bemühte sich Liesbeth, die Augen fest geschlossen zu halten, um nicht aus Versehen einen Blick auf die Leiche der alten Frau zu werfen. Der Wagen ruckelte und rappelte über den

46

Waldboden, Zweige streiften ihre Stirn, doch sie wagte noch immer nicht, die Lider zu öffnen. Erst als sie fühlte, dass die Räder wieder auf dem Weg angelangt waren, und der Doktor den Kutschbock erklomm, sah sie ihn an. Er schenkte ihr einen warmen Blick. Er mochte sie wirklich, das konnte sie spüren. Mochte er sie nur, weil er sie für tapfer hielt?

Wortlos nahm er die Zügel in die Hände und schnalzte mit der Zunge. Der Schecke trabte gehorsam an. Eine Weile schwiegen sie gemeinsam. Liesbeth brach das Schweigen mit einer Überlegung.

»Ich kann mir nicht vorstellen, dass jemand der alten Harms etwas antun wollte. Wozu auch? Sie war uralt! Wenn jemand Schwierigkeiten mit ihr gehabt hätte, hätten sich diese bald von selbst erledigt.«

»Es gibt immer Gründe, Liesbeth. Für alles. Außerdem kann ich mich ja auch irren, aber ich kann mir nicht vorstellen, wie und wo sie sich so schwere Verletzungen zugezogen haben soll.«

»Vielleicht wurde sie von einem Fuhrwerk, wie dem unsrigen, in der Dämmerung übersehen?«, schlug Liesbeth vor.

»Und die Person auf dem Wagen bemerkt das Unglück nicht einmal und fährt einfach davon? Sehr unwahrscheinlich, Liesbeth.«

»Stimmt. Hedda Harms hätte sich zudem nicht widerspruchslos überfahren lassen«, entfuhr es ihr und im nächsten Moment schämte sie sich für ihre Worte. Über Tote sollte man nicht schlecht sprechen.

Kapitel 5

»Mutter, die alte Harms ist tot! Wir haben sie gefunden! Sie lag tot auf dem Waldweg!« Theda trat vom Herdfeuer zurück und wischte sich die Hände an der Schürze ab. Kein Mitleid zeigte sich in ihrem Gesicht.

»Hat die alte Hexe endlich der Blitz getroffen? Wie schön!«

»Mutter!« Liesbeth gab sich entrüstet, doch im Innern war das genau die Reaktion, die sie von ihrer Mutter erwartet hatte. Theda Sandrini und Hedda Harms hatten sich noch nie leiden können und die Gründe dafür waren vielfältig.

»Mein liebes Kind, niemand kann von mir erwarten, dass ich so tue, als würde mich ihr Tod erschüttern. Eine Giftschlange weniger, die durch unser Dorf kriecht. Der Gedanke gefällt mir, dass ich nun sterben kann, ohne in die Hände der alten Leichenfledderin zu fallen.«

»Aber der Doktor vermutet ein Gewaltverbrechen! Er ist jetzt auf dem Weg zum Richter und seinen Bütteln!«

Liesbeth sah mit einer gewissen Befriedigung wie diese Nachricht ihre Mutter entsetzte.

»Himmel, Liesbeth! Da lässt man dich einmal vor die Tür und dann so etwas! Bringst mir den Richter und seine Büttel ins Haus!«

»Ins Haus? Nein! Warum das denn? Das hat doch nichts mit mir zu tun?« Liesbeth war verwirrt.

»Nun, wenn du die Tote zusammen mit dem Doktor gefunden hast, dann wird man mit Fragen zu uns kommen. Man wird die Aussage des Doktors von dir bestätigt haben wollen.«

»Von mir?« Liesbeth fühlte wie ihr schon wieder das Herz in die Hose rutschte. Mit den Bütteln hatte sie noch

nie etwas zu schaffen gehabt. Niemand wollte etwas mit denen zu schaffen haben. Und der Richter war ein so ehrwürdiger Mann, dass sie ihm beim sonntäglichen Kirchgang nicht einmal anzuschauen wagte! Und dieser Mann würde mit ihr sprechen wollen? Nein, dafür würde kein Mut der Welt ausreichen! Zumindest nicht der ihre.

»Aber was kann ich ihm denn sagen? Ich habe sie doch nur einen kurzen Augenblick lang gesehen.«

»Das weiß ich nicht, Kind, woher auch. Doch ich bin mir sicher, dass diese Geschichte ihre Folgen nach sich zieht. Hoffen wir, dass ich mich irre.«

Doch Theda irrte sich nicht. Die Sonne war noch nicht aufgegangen, als es an der Haustür klopfte. Theda, die früh aufgestanden war, um die Kühe und Hühner zu versorgen, öffnete und blickte in die Auge eines recht nervös dreinblickenden Doktor Gründigs. Neben ihm stand, den Doktor um Haupteslänge überragend, ein älterer Herr mit schlohweißem Haar und weißem Vollbart. Reflexartig deutete Theda einen Knicks an und ließ die Herren ein. Der Weißhaarige hielt sich nicht mit Höflichkeitsfloskeln auf.

»Frau Sandrini, wie ich vermute? Ich bin hier um mit der Tochter des Hauses zu sprechen. Sie wissen sicher, worum es geht?«

»Natürlich. Meine Tochter hat mir bereits gestern Abend von dem schrecklichen Ereignis berichtet. Treten Sie doch ein.«

Sie trat beiseite, um die beiden Männer durchzulassen. Fast fürchtete sie, der Richter könnte sich den Kopf an den Deckenbalken stoßen, so groß war der Mann.

»Tragisch. Sehr tragisch. Ist Frau Harms auf dem Waldweg gestürzt und hat sich dabei die tödlichen

Verletzungen zugezogen?« hörte Theda sich selber sagen, während sie Schemel an das Feuer rückte.

»Das kann man wohl ausschließen. Bitte, Frau Sandrini, holen Sie ihre Tochter doch einmal zu mir, damit ich mit ihr sprechen kann. Es wird auch nicht lange dauern.«

Theda nickte, knickste und eilte aus dem Raum. Nach den Ereignissen des vergangenen Abends hatte sie sie schlafen lassen. Jetzt hämmerte sie laut gegen die Tür und trat auch augenblicklich ein. Liesbeth saß kerzengerade im Bett.

»Sie sind da, nicht wahr? Sie wollen mit mir sprechen.«

»Ganz genau so, wie ich es habe kommen sehen. Los, zieh dir schnell etwas über und komm herunter. Wir wollen den Richter nicht warten lassen.«

»Hat er seine Büttel mitgebracht?«

»Nein hat er nicht. Gott sei Dank! Es gibt ja auch keinen Grund sie mitzubringen, nicht wahr? Von uns hat niemand die alte Harms ins Jenseits befördert, also wird auch niemand abgeführt werden. Aber sicher wird es auch so genug Gerede geben.«

»Mutter!«

»Ich sage nur voraus, was sowieso geschieht. Jetzt beeil dich.« Theda verließ die Kammer und wollte sich schon wieder hinunter begeben, da hielt sie vor der Tür ihres Sohnes an. Sie hatte Clemens am vergangenen Abend früh zu Bett geschickt. Der Junge hatte sich wirklich sehr abgemüht bei der Arbeit in den Ställen, obwohl es ihn so offensichtlich unglücklich machte. Ihm fehlte das Orgelspiel. Die Beschäftigung mit geistigen Dingen. Der Stift lag ihm eben mehr als die Forke. Ob er schon wach war? Er wusste ja noch gar nicht, was geschehen war.

Leise öffnete sie die Tür einen Spalt und spähte ins Zimmer. Ihr Blick fiel auf ein zerwühltes, aber leeres Bett. Sie seufzte. Natürlich. Er war sicher schon wieder in der Kirche und übte, um sich den Rest des Tages seinen

neuen Pflichten auf dem Hof zu widmen. Der arme Junge.

»Und nun erzähl mir mal, kleine Liesbeth, was sich gestern Abend auf dem Waldweg ereignet hat.«

Beim dem Wort *klein* regte sich leichter Widerstand in Liesbeth. Aber sie machte sich bewusst, dass der Richter ihr nur die Angst vor diesem Augenblick nehmen wollte und er tat gut daran. Allein seine große massige Erscheinung, die dröhnende Stimme und der stechende Blick konnten ein junges Mädchen in Angst und Schrecken versetzen. Da war sie sich sicher.

Liesbeth räusperte sich. »Wo soll ich denn anfangen?«

»Du hast neben dem Doktor auf dem Bock gesessen. Ihr seid auf dem Heimweg von einem Krankenbesuch gewesen. Was geschah dann?«

Liesbeth bemühte sich, sich in die Situation des Vorabends zurückzuversetzen. Nach anfänglichen Schwierigkeiten gelang ihr das auch ganz gut. Zunächst stockend, dann immer flüssiger berichtete sie dem Richter von ihren Eindrücken. Von dem Scheuen des Pferdes vor dem Leichnam und von dem grauenhaften Anblick, der sich ihnen geboten hatte. Zwischendurch warf sie dem Doktor immer wieder einen unsicheren Blick zu. Der nickte ihr aufmunternd zu und so entspannte sie sich mehr und mehr.

Nachdem sie geendet hatte, schwieg der Richter einen Moment und trommelte mit den aufeinandergelegten Fingerkuppen.

»Schön Liesbeth. Deine Schilderung deckt sich mit der von Albert Gründig.«

Albert! Zum ersten Mal hörte Liesbeth seinen Vornamen. Albert... sie wusste nicht, ob er ihr gefiel,

51

aber er hatte einen gewissen Charme, einen angenehmen Klang.

»Jetzt versuch dich bitte noch einmal an den Moment zu erinnern, bevor das Tier scheute. Hast du da etwas Ungewöhnliches bemerkt? Vielleicht eine Gestalt, die durch den Wald streifte? Oder ist euch jemand auf dem Weg entgegen gekommen?«

Liesbeth dachte angestrengt nach, doch dann schüttelte sie den Kopf.

»Bist du dir sicher?«, hakte der Richter nach.

Liesbeth dachte noch einmal nach. Sie erinnerte sich an den Nebel und die Kälte, an die aufsteigenden Vögel und das Geräusch brechender Äste.

»Das Wildschwein!«, entfuhr es ihr.

»Das Wildschwein? Was denn für ein Wildschwein?«

Der Richter hob die buschigen Augenbrauen und wandte sich Albert Gründig zu. Dieser zuckte ratlos mit den Achseln.

»Es war ja vielleicht gar kein Wildschwein, ich habe nur befürchtet, dass es ein Wildschwein sein könnte. Vor Wildschweinen habe ich nämlich wirklich Angst. Ein Bauer aus dem Nachbarort wurde von einer Bache, die ihre Junge beschützen wollte, getötet. Wildschweine sind gefährliche Tiere, Herr Richter«, beteuerte Liesbeth und nickte ernsthaft.

Aus den Augenwinkeln bemerkte sie, wie ihre Mutter wieder einmal genervt die Augen rollte.

»Sicher, sicher. Wildschweine sind gefährliche Tiere«, stimmte ihr jetzt der Richter amüsiert zu. »Aber was hat dich vermuten lassen, dass sich ein Wildschwein in der Nähe des Waldweges aufhält?«

»Ein Schwarm schimpfender Krähen stieg im Wald auf und es knackte im Unterholz. Ein großes Tier am Boden muss die Krähen gestört haben.«

»Möglicherweise haben wir die Krähen aufgescheucht«,

52

warf der Doktor ein.

»Aber nein, Krähen sind doch schlaue Tiere. Ein Pferdewagen auf einem Weg, der für Pferdewagen gemacht wurde, hätte sie niemals aufgeschreckt. Nein, es war etwas, womit sie nicht gerechnet hatten.«

»Hm«, machte der Richter und trommelte wieder seine Fingerkuppen aufeinander. Er schien angestrengt zu überlegen.

»Meinen Sie, dass es kein Wildschwein war? Dass es der Mörder war, der vom Ort des Geschehens weglief?«, fragte Liesbeth und sah den Richter gespannt an.

Alle Unsicherheit ihm gegenüber war von ihr abgefallen. In seinen Augen lag Güte und Klugheit. Sie verstand nicht mehr, wie sie ihn je hatte fürchten können.

»Das wäre möglich, kleine Liesbeth. Der Doktor ist der Ansicht, dass Hedda Harms noch nicht lange tot auf dem Waldweg gelegen haben kann, bevor ihr sie entdeckt habt.«

Der Doktor nickte.

»Sie war noch warm. Auf dem kühlen Boden liegend, würde ein toter Körper alsbald erkalten und erstarren.«

Liesbeth erstarrte bei seinen Worten ihrerseits. Hatten sie den oder die Mörder vertrieben? Waren sie vielleicht nur knapp selbst einer Katastrophe entronnen? Was hätte ihnen auf diesem Waldweg an diesem Abend nicht alles geschehen können!

Richter Mehring schien den Stimmungsumschwung Liesbeths zu bemerken. Er beobachtete einen Augenblick ihr Mienenspiel, dann schlug er sich auf die massigen Schenkel und machte Anstalten, aufzustehen. Ihr Verhör war augenscheinlich beendet.

»Du solltest dir heute noch etwas Ruhe gönnen, kleine Liesbeth. Es war ein schreckliches Erlebnis für dich.«

»Ich brauche keine Ruhe. Ich werde den Doktor wieder bei seinen Besuchen begleiten«, murmelte Liesbeth, doch

53

sie selbst konnte hören, wie wenig überzeugend sie klang.

»Heute wird es keine Hausbesuche geben, Liesbeth. Ich werde heute in meinem Haus arbeiten und brauche deine Hilfe nicht. Ruh dich ruhig aus.« Albert Gründig strich ihr über den Kopf, als wäre sie ein kleines Kind und sie presste verärgert die Lippen aufeinander. Gestern noch hatte er sie tapfer genannt und kein Kind in ihr gesehen. Oder doch?

Schweigend gingen die beiden Männer auf den Einspänner des Doktors zu, der auf dem Hof stand. Sie stiegen auf und Gründig ließ sich von der imposanten Gestalt des Richters kommentarlos an den Rand drängen. Er schnalzte mit der Zunge, ruckte mit den Zügeln und Pferd und Wagen setzten sich in Bewegung. Sie hatten schon eine gute Wegstrecke zurückgelegt als der Richter zu sprechen begann.

»Klug ist sie und hübsch. Eifrig scheint sie auch zu sein. Mut dürfte auch in einem nicht zu geringen Maße vorhanden sein.«

»Wer?«, antwortete Gründig zerstreut, während er noch immer an Liesbeths weiches Haar unter seinen Finger dachte.

»Das Mädchen, um das Ihre Gedanken kreisen, Herr Doktor.«

Der Richter schien amüsiert. Gründig hingegen riss sich augenblicklich zusammen und versuchte einen konzentrierten Eindruck zu machen. Dass der Richter ihm anscheinend hinter die Stirn geschaut hatte, war ihm unangenehm. Er zog sinnlos an den Zügeln und massierte sich gleich darauf den Nacken, was den Richter noch mehr zu erheitern schien.

»Genieren Sie sich nicht. Es ist allerhöchste Zeit, dass

54

Sie sich verheiraten. Sonst werden Sie noch wunderlich. Es wird zwar so manchem Mädchen und auch so mancher stolzen Mutter das Herz brechen, wenn Sie nicht mehr auf dem Markt sind, aber es bringt ihnen zumindest Gewissheit über ihre Aussichten auf eine Heirat mit dem Doktor.«

»Ich glaube nicht, dass ich verstehe…«, begann Gründig sich zu winden, doch Richter Mehring winkte ab.

»Ich habe Augen im Kopf, mein Lieber. Sie bewundern die Kleine.«

»Sie hat sich tapfer geschlagen«, gab Gründig bereitwillig zu. »Nicht nur gerade eben. Auch als wir die Tote fanden, hat sie sich gut gehalten. Und kurz zuvor ist sie des Nachts durch unsichere Gassen gelaufen, um mich zu ihrem Vater zu holen. Ja, man muss sie bewundern. Aber sie ist natürlich noch sehr jung.«

»Ist sie nicht«, erwiderte Mehring und klang nun wie ein Lehrer im Gespräch mit einem hoffnungsvollen Schüler. »Gründig, flüchten Sie sich nicht in Ausreden und nehmen Sie sich die Zeit, sich über gewisse Dinge klar zu werden. Über Dinge, die Sie und Liesbeth Sandrini betreffen. Ich rate Ihnen dringen, dazu.«

Gründig sah den Richter überrascht an. »Ja, ist es denn so offensichtlich, dass mir das Mädchen imponiert?«

Richter Mehring stieß einen Seufzer aus.

»Das ist nicht das richtige Wort für das, was Sie gerade empfinden, Gründig. Geben Sie sich ein bisschen mehr Mühe und Sie werden schon draufkommen.«

Mehring lehnte sich zurück und schloss die Augen, was wohl signalisieren sollte, dass für ihn das Gespräch beendet war und Gründig gleich mit dem Nachdenken anfangen konnte. Doch alles, was in Albert Gründigs Kopf derzeit Platz hatte, war die Erinnerung an Liesbeth Sandrinis weiches Haar unter seinen Fingerspitzen.

Nachdem die beiden Männer sich verabschiedet und das Haus verlassen hatten, sahen Mutter und Tochter einander wortlos an. Theda beobachtete ihre Tochter genau. Oberflächlich betrachtet schien Liesbeth die Ereignisse der letzten Stunden gut verkraftet zu haben. Sie war eben zäh, genau wie ihre Mutter. Doch Liesbeth war zu jung, um ein Erlebnis wie dieses einfach hinter sich lassen zu können. Theda erinnerte sich gut an die abenteuerlichsten Tage ihres eigenen Lebens, die jetzt schon fast zwanzig Jahre zurücklagen. Damals hätte sie sich die Unterstützung der eigenen Familie gewünscht. Doch die Situation war eine andere, die Mutter eine strengere gewesen. Oder nicht? Glich sie selbst nicht ihrer strengen Mutter inzwischen bis aufs Haar? Behandelte sie Liesbeth wirklich besser, als sie selbst von der Mutter behandelt worden war? Theda spürte wie die eigenen Gedanken sie in Unruhe versetzten, ihr unbequem wurden. Sie fegte sie beiseite und traf eine Entscheidung. Liesbeth brauchte Ruhe, um das grausame Bild der toten Hedda Harms verarbeiten zu können. Es würde dem Charakter des Mädchens nicht schaden, wenn es seine Pflichten einen Tag vernachlässigte. In der eigenen Kammer konnte Liesbeth wohl kaum irgendwelche leichtsinnigen Dummheiten begehen. Theda gab sich einen Ruck und sagte:

»Bring deinem Vater eine Schüssel Suppe ans Bett. Danach darfst du dich selbst noch einmal hinlegen.«

Liesbeth nickte artig und sehr erleichtert über die Nachsicht der Mutter. Etwas Ruhe würde ihr gut tun.

Während Theda die Suppe vom Vortag auf dem Herdfeuer erhitzte, sprachen beide kein Wort miteinander. Beide Frauen hingen ihre Gedanken nach. Theda konnte nicht verhindern, dass sie sich selbst plötzlich immer wieder mit der eigenen Mutter verglich. Hatte sie sich wirklich unaufhaltsam in ihr gestrenges Ebenbild verwandelt? Wie hatte es dazu kommen können? Sie war doch Theda, eine mutige Frau, die ihr Schicksal stets selbst bestimmt hatte! Theda hielt inne und sah sich in der einfachen Küche um. War sie noch das Mädchen von damals?

Als sie bemerkte, dass Liesbeth sie mit Verwunderung in den Augen ansah, riss sie sich erneut zusammen und rührte weiter. Sinnlose Gedanken, sinnloses Grübeln. Es führte zu nichts.

Liesbeth hielt der Mutter gerade die leere Holzschüssel zum Befüllen hin, als die Tür der Küche aufgerissen wurde und ein rotgesichtiger, verschwitzter Clemens im Türrahmen erschien. Atemlos musterte er die beiden Frauen, die ihn überrascht anstarrten.

»Gott sei Dank! Ich hatte mir schon die schlimmsten Dinge ausgemalt!«

»Was denn für Dinge?«, entfuhr es Theda, die kurzerhand die für Milan befüllte Schüssel Liesbeth aus der Hand nahm und ihrem Sohn reichte.

Liesbeth wollte protestieren, biss sich aber auf die Lippen. Wieder einmal hatte die Mutter ihre Prioritäten klar gesetzt.

Theda gab ihrem Sohn derweil noch einen Holzlöffel und drückte ihn sanft aber bestimmt auf einen Schemel. Gehorsam setzte sich Clemens und tunkte den Löffel in die Suppe. Liesbeths Magen begann zu knurren, doch

statt nach einer Schüssel für sich selbst zu fragen, setzte sie sich ebenfalls Clemens gegenüber, neben die Mutter, und sah diesen mit großen Augen an.

»Was denn für Dinge?«, wiederholte sie die Worte ihrer Mutter, ohne es zu bemerken.

»Na, Dinge, halt. Nach dem, was man sich im Ort erzählt, habe ich angenommen, nur eine von euch hier vorzufinden.«

Theda und Liesbeth warfen sich einen fragenden Blick zu.

»Clemens, würdest du bitte endlich berichten und zwar so, dass deine Schwester und ich verstehen können, worum es dir eigentlich gerade geht?«

»Im Dorf heißt es, dass die alte Harms ermordet worden ist und dass der Richter in unser Haus gekommen sei, um die Schuldige zu verhaften.«

»Mich?«, fragte Liesbeth erschrocken.

»Nein, doch nicht dich. Wieso denn dich? Mutter natürlich! Jeder weiß doch, dass Mutter die alte Harms nicht leiden konnte, sie ein Klageweib und eine Leichenfledderin genannt hat. Die alte Harms hat ja schließlich auch keine Gelegenheit ausgelassen, schlecht über Mutter zu sprechen.«

»Aber das trifft doch auf fast jeden im Dorf zu!«, rief Liesbeth empört aus. Theda sah sie schockiert an. »Ich meine natürlich nicht, dass jeder im Dorf schlecht über dich spricht, Mutter. Ich meine, dass jeder auf die eine oder andere Weise mit der alten Harms im Streit lag.«

»Schon. Aber nur wir hatten heute Morgen Besuch vom Richter«, presste Theda hervor und sah Liesbeth vorwurfsvoll an. »Da hast du uns ja was Schönes eingebrockt, Kind. Ich wusste ja, dass es Ärger geben würde. Es ist noch nicht Mittag und schon hat man mich zur Mörderin abgestempelt.«

»Liesbeth hat uns das eingebrockt? Warum denn

58

Liesbeth?« Jetzt war es Clemens, der erschrocken aussah.

»Weil der Richter ihretwegen hier gewesen ist. Liesbeth hat die Tote gefunden. Also kam er her, um ihr Fragen zu stellen.« Theda ging zur Feuerstelle und rührte mit fahrigen Bewegungen in der Suppe herum.

»Ach so!« Clemens ließ die Schultern sinken und lachte erleichtert auf. »Ich meine natürlich: Das ist ja furchtbar. Arme Liesbeth. Wie geht es dir?«

»Mir geht es gut, danke«, erwiderte Liesbeth kühl. Ihrer Meinung nach hätte Clemens ruhig ein wenig besorgter um sie sein dürfen.

»Na, dann werden wir den Gerüchten rasch Einhalt gebieten und die Dinge richtig stellen. Das kann doch nicht so schwierig sein«, erwiderte Clemens und begann nun unbekümmert, seine Suppe zu löffeln.

Theda warf den Löffel in den Spülstein und lief eine Weile ziellos in der Küche herum, nahm Dinge in die Hand, starrte sie an und lief wieder weiter. Clemens, ganz vertieft in seine Suppe bemerkte das seltsame Verhalten Thedas nicht. Wohl aber Liesbeth.

»Was ist los, Mutter?«

Theda seufzte. »Es wird sich nicht so einfach richtig stellen lassen. Die Leute glauben, was sie glauben wollen und irgendetwas bleibt ja doch immer hängen.«

»Unsinn! Du bist doch keine Mörderin! Wer könnte so etwas annehmen?«, entrüstete sich Liesbeth.

»Einige, wie es scheint«, entgegnete Theda. »Wenn es kaum eine Stunde gebraucht hat, bis das Gerücht deinen Bruder in der Kirche erreicht hat.«

Liesbeth zog Nase und Stirn kraus. Das war nicht fair. Ihre Mutter hatte nichts getan! Sie war ja nicht einmal dabei gewesen, als die Tote gefunden wurde. Es erschien Liesbeth sehr ungerecht und sie sagte das auch. Als Antwort erhielt sie von ihrer Mutter ein freudloses Lachen.

»So ist das Leben, Liesbeth. Genauso und nicht anders.«

»Du siehst das jetzt bestimmt zu schwarz«, mischte sich Clemens ein, der inzwischen aufgegessen hatte und satt und zufrieden beim Feuer saß. »Wir werden die Dinge richtig stellen und spätestens, wenn der wirkliche Täter feststeht, bist du frei von jedem Verdacht.«

»Ja, wenn der Täter irgendwann feststeht. Was, wenn es ein Streuner war? Oder ein fahrender Händler? Ein Handwerksbursche auf der Durchreise? Dann ist er längst über alle Berge und kommt, wenn er klug ist, nie wieder in die Nähe unseres Dorfes.« Theda ließ sich neben ihren geliebten Sohn sinken und faltete die Hände im Schoß. »Und das, wo dein Vater sich immer so viel Mühe gegeben hat, unseren guten Ruf zu festigen.«

Liesbeth, die den Worten der Mutter gelauscht hatte, sprang plötzlich auf, nahm ihr Umschlagtuch vom Haken und marschierte zur Tür.

»Wo willst du denn hin? Du sollst dich doch ausruhen!«, rief Theda ihr nach. Doch Liesbeth war schon in der Tür, als sie sich noch einmal herumdrehte und sagte: »Ich gehe zum Doktor. Ohne ihn wären wir nicht in diesem Schlamassel. Es ist seine Pflicht und Schuldigkeit uns wieder herauszuhelfen. Ich bin mir sicher, dass er es kann, wenn er nur will.«

Ohne eine Antwort abzuwarten, lief Liesbeth ins Freie, hinein in einen kalten verregneten Herbsttag.

60

Kapitel 6

»Kann ich bitte mit dem Doktor sprechen? Ich weiß, dass er da ist.« Liesbeth wartete die Antwort der Witwe Hufnagel, die auf ihr Klopfen hin geöffnet hatte, gar nicht erst ab und drängte sich in an ihr vorbei in den Flur.

»Ja, da ist er schon, aber er arbeitet und will nicht gestört werden!«.

Die Alte zeterte hinter ihr her und rieb sich ohne Unterlass die Hände an der Schürze sauber. Liesbeth marschierte derweil stramm vor ihr her und durch den langen Flur. Dabei starrte sie auf eine Reihe gleich aussehender Zimmertüren.

»Wo arbeitet er?«

»Na, im Keller. Dort ist es schön kühl. Aber er will seine Ruhe haben!«

Die Stimme der Witwe bekam einen schrillen Unterton. In ihren Augen glomm etwas, das Liesbeth nicht benennen konnte. Liesbeth vermied es bewusst, die Alte weiter anzusehen und entdeckte zu ihrer Erleichterung am Ende des Flures eine Treppe, die hinunter führte. Um dem lauter werdenden Gezeter der Witwe Hufnagel zu entkommen, rannte sie die unbeleuchteten Stufen eilig hinunter und riss die Tür zum Kellerraum auf.

Nur ein Blick in den von mehreren Kerzen erhellten Raum genügte und sie spürte, wie ihr der Schreck in die Glieder fuhr. Liesbeth stieß einen gellenden Schrei aus. Der Doktor schreckte überrascht zusammen. Sie wollte davonrennen, weit weg. Irgendwohin, wo sie vergessen konnte, wovon sie eben Zeugin geworden ist. Doch Albert Gründig, der sich rasch wieder gefasst hatte, sprang vor, packte sie hart am Arm und riss sie zu sich in den Kellerraum. Hinter ihr schlug die Tür zu und dämpfte die Proteste der Haushälterin.

Liesbeths Hände zitterten, als sie versuchte, sich aus dem Griff des Doktors herauszuwinden.

»Lassen Sie mich gehen! Ich habe nichts gesehen und will damit auch nichts zu tun haben, was immer hier unten vor sich geht!«, schrie sie und vermied es, noch einmal zu dem auf einem Tisch aufgebahrten, halb entkleideten Leichnam von Hedda Harms herüberzusehen.

Angst und Ekel schüttelten sie. Was immer hier vorging, es war gottlos und unanständig, da war sie sich sicher.

»Liesbeth, verdammt nochmal, jetzt beruhige dich gefälligst! Du bist doch ein vernünftiges Mädchen und keine dumme Gans! Du bist doch meine tapfere Liesbeth!«

Liesbeth wollte erwidern, dass sie gerade lieber die dumme Gans sein wollte, wenn es dieser erlaubt sei, schreiend davonzulaufen, aber sie biss sich auf die Lippen. Konnte es etwa wirklich eine vernünftige Erklärung für dieses Szenario geben?

»Na also. So gefällst du mir schon wieder besser.«

Kaum hatte Liesbeth inne gehalten, ließ er ihren Arm los. Schwer atmend trat er einen Schritt zurück und versperrte ihr damit zumindest teilweise den Blick auf die Tote.

»Was passiert hier? Frau Harms sollte bei ihrer Familie sein, damit sie gewaschen und aufgebahrt werden kann. Warum liegt sie hier in diesem Keller auf diesem Tisch?«

»Weil wir nicht wissen, wer oder was sie getötet hat, und weil ihre Verletzungen uns Antworten geben können.«

»Antworten?«

»Aber ja! Verletzungen sehen unterschiedlich aus, Liesbeth, ist dir das noch nie aufgefallen?« Albert Gründig rang die Hände, als suchte er nach den richtigen Worten. Schließlich rief er: »Es ist wie mit einem Stück Stoff, Liesbeth! Wurde es zerrissen oder zerschnitten?

62

Hat es Flecken davongetragen? Das alles kann uns mehr darüber sagen, was passiert ist!«

»Aber das macht sie doch auch nicht wieder lebendig! Wozu soll also dieses Wissen nützlich sein?«

»Weil wir dann entscheiden können, ob wir uns vor einem Menschen oder vor einem Wildschwein fürchten wollen!«

Liesbeth schloss den Mund und dachte nach. So abstoßend sie diese Situation auch fand, sie musste zugeben, dass sie zu genau den Erkenntnissen führen konnte, die ihre Mutter in den Augen des ganzen Dorfes entlasten würden. Sie straffte die Schultern und schluckte hart.

»Gut. Das verstehe ich.«

»Ich wusste ja, dass du ein schlaues Mädchen bist. Einem Mädchen wie dir begegnet man nicht oft.«

Liesbeth ging nicht auf seine Worte ein. Irgendwann einmal würde sie ihm vielleicht sagen, dass sie nicht einmal halb so mutig war, wie er meinte.

»Es könnte meiner Mutter helfen, denke ich.«

Sie verspürte einen Anflug von Heiterkeit, als sie sah, wie Überraschung und Ratlosigkeit sich auf dem hübschen Gesicht des Doktors breit machten.

»Deine Mutter? Was hat deine Mutter denn damit zu tun?«

»Sie ist gerade eben in den Augen der Dorfbewohner zur Meuchelmörderin herabgestiegen! Deinetwegen! Wegen dem Richter! Weil ihr zu uns gekommen seid! Jetzt glauben alle, dass meine Mutter die alte Harms umgebracht hat!«

»Aber warum denn, um Himmels Willen? Was für einen Grund soll ausgerechnet deine Mutter gehabt haben, einen Mord zu begehen?«

»Wenn man es genau nimmt, hatte jeder im Dorf einen. Mindestens einen. Sie war ...« Liesbeth warf einen

schrägen Blick in Richtung des Leichnams, senkte den Kopf und verfiel in einen Flüsterton. »Sie war bösartig und gehässig gegen jedermann. Meine Mutter hat sich gern mit ihr angelegt. Auf dem Markt, vor der Kirchentür, ganz egal. Wann immer es eine Gelegenheit gab, geteilter Meinung zu sein, waren sie es und ließen es jeden in ihrer Nähe wissen. Auch andere stritten mit der Alten, aber zu denen ist der Richter nicht gekommen. Und jetzt ist meine Mutter die Böse. Die Spatzen pfeifen es schon von den Dächern, Clemens wurde es zugetragen, noch bevor der Richter unsere Stube wieder verlassen hatte! Unser guter Ruf geht gerade den Bach hinunter und zwar ohne unsere Schuld! Du musst etwas tun, Albert!«

Erst als die Worte heraus waren, wurde ihr bewusst, dass sie ihn gerade nicht nur geduzt, sondern auch beim Vornamen genannt hatte. Hitze stieg ihr in die Wangen, doch Albert schien es gar nicht bemerkt zu haben.

»Was kann ich denn dabei tun?«

»Die Dinge richtigstellen! Jedem sagen, dass sie es nicht war und dass es um meine Zeugenaussage ging bei diesem Besuch! Was haben dir die Verletzungen denn jetzt erzählt? Das muss doch zu irgendetwas gut sein! Das hast du doch selbst gesagt, Albert!«

Unvermittelt lächelte er sie an. »So, jetzt bin ich also Albert, ja? Nun, mir soll es recht sein.«

Sein Lächeln wurde breiter, als er eine Verbeugung andeutete und Liesbeth errötete jetzt wirklich.

Einen Moment lang sprachen sie nicht, sondern sahen sich nur an. Dann beendete ein gurgelndes Geräusch hinter Albert den romantischen Augenblick. Liesbeth zuckte zusammen.

»Was war das?«

»Vermutlich Luft. In ihren Eingeweiden. Bist du mutig, Liesbeth? Willst du sehen, was ich bereits herausgefunden habe«, fragte Albert eine Spur zu hoffnungsvoll.

War das zu fassen? Er wollte ihr wirklich den Leichnam mit all seinen Verletzungen vorführen. Wofür hielt er sie? Für einen Studenten der Medizin oder etwas Ähnliches? Sie war ein Bauernmädchen! Eine Frau!

Liesbeth schüttelte heftig den Kopf. Das wollte sie auf gar keinen Fall. Sie konnte kaum glauben, dass er ihr diese Frage gestellt hatte.

Enttäuscht sackten Alberts Mundwinkel herab, doch er fasste sich schnell wieder.

»Das verstehe ich natürlich.«

Liesbeth fand, dass in den Worten und ihrem Klang ein Unterschied lag, war aber froh, dass er ihre Entscheidung augenblicklich akzeptierte.

»Dann schildere ich dir, was ich entdeckt habe.«

Er senkte die Stimme und Liesbeth spannte jeden Muskel in ihrem Körper an. Was jetzt kam, konnte ihrer inneren Kraft einiges abverlangen.

»Ich bin mir fast sicher, dass keine von einer Hand geführte Waffe diese Wunden verursacht haben kann.«

»Also keine Wegelagerer? Keine Zigeuner?«

Albert schüttelte den Kopf. »Nein.«

»Also doch ein Wildschwein?«

»Ich denke, nicht.«

»Aber was kann es dann gewesen sein? Ein einsamer Wolf?«

»Das kommt der Wahrheit wohl am nächsten, doch war das Gebiss auch für einen Wolf ungewöhnlich groß. Überhaupt würde ein einsamer Wolf es wohl nicht wagen, einen Menschen anzugreifen. Wölfe jagen im Rudel. Doch ein ganzes Rudel ist es nicht gewesen, dann hätten wir weniger von ihr gefunden.«

Liesbeth erschauerte unwillkürlich.

»Was also war es? Ein einzelnes Tier, so groß wie ein großer Wolf? Hier, in unseren Wäldern? Warum ist es noch nie zuvor gesehen worden?«

»Ich habe da so meine Vermutung, allerdings ist es keine schöne.«

»Erzähl es mir trotzdem. Lieber weiß ich, was dort draußen in den Wäldern ist, als dass ich es mir ausmale.«

»Vor ein paar Monaten besuchte mich ein ehemaliger Studienkollege. Er erzählte mir von ähnlichen Todesfällen in einer Region in Frankreich.«

»Aber das ist doch ewig weit entfernt von uns!«

»Kann jemand sagen, wie weit es gelaufen ist? Oder ob mehrere seiner Art existieren?«

»Es? Von was für einem Es sprichst du?«

»Ich spreche von einer Kreatur, die schon an die hundert Menschen auf grausame Weise getötet hat. Die Bestie von Gévaudan.« Seine Stimme war zu einem rauen Flüstern geworden. Liesbeth spürte, wie Schauer über ihre Haut jagten und konnte doch nicht anders, als gebannt an Alberts Lippen hängen.

»Es begann alles vor zwei Jahren, als zufällig die zerrissenen Überreste einer ganzen Familie entdeckt wurden. In den folgenden Wochen und Monaten häuften sich derartige Fälle. Es handelte sich zumeist um Frauen und Kinder. Nie gab es einen Zeugen, nie einen brauchbaren Hinweis. Doch alles deutete darauf hin, dass die Unglücklichen von einem gewaltigen Monster zerrissen worden sein mussten. Seither versucht man, die Bestie zu erlegen. Jäger durchkämmen das Gebiet zu jeder Tages- und Nachtzeit. Erst vergangenes Jahr hat eine Treibjagd stattgefunden, an der sich viele tausend Bewohner der betroffenen Region beteiligt haben sollen. Gévaudan befindet sich jetzt schon seit Jahren in einem Ausnahmezustand«

»Und man hat das Biest nicht erlegt?«, fragte Liesbeth zweifelnd und stellte fest, dass sie während Alberts Schilderung zu atmen vergessen hatte.

»Nein.« Albert schüttelte den Kopf. »Man hat einen

66

Wolf von ungewöhnlicher Größe erlegt und dachte, das Problem damit beseitigt zu haben. Doch das Morden geht noch immer weiter. Fast täglich sterben dort Menschen. Aber wer weiß? Vielleicht sind die Franzosen ihr Problem jetzt los und wissen es noch gar nicht. Vielleicht ist die Bestie bis hierher zu uns gelangt.«

Einen Moment lang herrschte Stille. Eine Stille, in der Liesbeths Faszination echter Angst wich. Angst und absoluter Ungläubigkeit. Sie versuchte es mit einem Lachen.

»Du willst mich zu einem Narren machen, Albert Gründig, nicht wahr? Du hast dir dieses Schauermärchen ausgedacht, um mir Angst einzujagen.«

Albert begehrte auf, doch Liesbeth ließ ihn nicht mehr zu Wort kommen. In ihre Angst mischte sich der Zorn der Hilflosigkeit. Ein Zittern überfiel sie und was ihre Mutter schon vorausgeahnt hatte, trat nun mit voller Wucht ein. Liesbeth gingen die Nerven durch. Als sie Tränen aufsteigen spürte, blinzelte sie sie hastig weg. Sie wollte vor ihm nicht das kleine schwache Mädchen sein. *Nicht weinen, jetzt nur nicht weinen.* Unwillkürlich konzentrierte sie sich auf ihren Zorn. Es war seine Schuld, dass sie jetzt diese Angst und Verzweiflung spürte. Wie konnte er es wagen, ihr solche Schauermärchen aufzutischen? Wie konnte er ihr noch mehr zumuten, noch mehr von ihr erwarten? Liesbeth spürte, wie der Druck der Tränen nachließ. Dafür kochte jetzt nie gekannter Zorn in ihr und bahnte sich seinen Weg.

»Ich bin hierhergekommen, weil ich dich um Hilfe bitten wollte. Du solltest mir einen Weg aufzeigen, wie sich der schreckliche Verdacht, der auf meiner Mutter lastet, entkräften lässt. Stattdessen finde ich dich hier im Keller über die nackte Leiche einer gottesfürchtigen Frau gebeugt und dann faselst du auch noch irgendeinen Unsinn von einer Bestie! Ich sage dir eins: Diese

Gruselgeschichte hilft mir kein bisschen weiter! Kein einziger Nachbar wird lieber an eine Bestie in unseren Wäldern glauben als an einen Mörder! Wenn das alles ist, was du mir bieten kannst, dann muss ich die Wahrheit eben woanders suchen gehen!«

Sie warf den Kopf in den Nacken und verließ türenschlagend den Kellerraum. Noch während sie am ganzen Körper zitternd die Stufen zum Erdgeschoss hinauf stapfte, fühlte sie sich völlig im Recht. Wie hatte er ihr nur diesen toten Körper, diese entsetzliche Geschichte zumuten können? Wie konnte er von ihr erwarten, dass sie einfach dastand und sich für diese Dinge auch noch erwärmte? Ihm gerne zuhörte, wenn er über Tote und Monster sprach? Doch je näher sie der Haustür kam, desto unsicherer wurde sie. Was, wenn er ihr diesen Ausbruch übelnahm? Was, wenn er sie jetzt für unbeherrscht und ungezogen hielt? Oder noch schlimmer: Was war, wenn er mit seiner Vermutung recht hatte und es dort draußen, direkt hinter dieser Tür, eine Bestie gab? Wollte sie dann wirklich allein den Heimweg antreten? Gut, es war helllichter Tag, aber nahmen Monster Rücksicht auf die Tageszeit? War es wirklich klug den Mann, der ihr gerade ein wenig näher gekommen war, der ihre Gefühle zu erwidern schien, derart zu verärgern und sich ihm auf derartige Weise zu widersetzen?

Liesbeth stand da, die Klinke der Vordertür in der Hand und rührte sich nicht mehr. Sie lauschte. Lauschte auf seinen Schritt. Vielleicht würde er jeden Moment die Kellertreppe heraufkommen. Sie würde ihm so gerne sagen, dass sie es nicht so gemeint hatte und vielleicht würde er sie dann heimfahren.

Doch nichts rührte sich. Albert Gründig schien die Gesellschaft einer angefressenen Toten der ihren vorzuziehen.

Angetrieben von neu erwachtem Ärger öffnete

68

Liesbeth die Tür des Arzthauses und stand im Freien. Ein feiner Nieselregen empfing sie und der Wind spielte mit den Herbstblättern vor ihren Füßen. Ein ganz normaler Herbsttag. Liesbeth atmete tief durch, um die Kellerluft aus Lunge und Kopf zu vertreiben. Alles war wie immer. Es roch wie immer, es fühlte sich an wie immer. Wie konnte eine Bestie ihren Heimatort heimsuchen wollen? Das erschien hier draußen im Wind mehr als lächerlich. Also lachte Liesbeth. Kurz und demonstrativ. Dann warf sie sich ihr Schultertuch über den Kopf und marschierte heimwärts.

Dieses Mal war er es, der zurückblieb.

Stehen gelassen von der kleinen Liesbeth, dieser ganz und gar unglaublichen Person, wie er in den letzten Stunden immer wieder aufs Neue hatte feststellen dürfen. Zuerst dieser absolut grausige Moment im Wald, Hedda Harms Leiche vor dem scheuenden Pferd. Jede andere junge Frau wäre wohl an ihrer Stelle sofort zusammengebrochen. Doch Liesbeth hatte sich erneut als zäher erwiesen, als sie aussah. Auch dem Gespräch mit dem ehrfurchtsgebietenden Richter hatte sie sich tapfer gestellt. Und jetzt schien es fast als habe er ihre Intelligenz beleidigt. Eine Bestie war nichts, woran eine Frau wie Liesbeth Sandrini glauben konnte. Denn eine Frau war sie. Das Mädchen, für das er sie so lange gehalten hatte, trat in seiner Vorstellungswelt immer mehr zurück und wich dem einer klugen und tapferen Erwachsenen. Einer Frau, wie er sie sich an seiner Seite oft vorgestellt hatte. Liesbeth sprach nie von einem schönen Heim, vielen Kindern und schicken Kleidern. Liesbeth interessierte sich aufrichtig für seine Arbeit, hörte ihm zu und war ihm eine wirkliche Hilfe. Sollte sie, so jung sie auch war, die eine, die einzig richtige für ihn sein? Seine perfekte Gefährtin?

Er warf einen Blick auf die tote Hedda Harms und entschied, dass jetzt nicht der richtige Zeitpunkt für weitere Studien war. Er musste nachdenken. Er verließ den Keller und spürte, wie seine Schritte mit jeder Stufe leichtfüßiger wurden. Ihm war, als hätte er soeben erst bemerkt, wie gut er sich fühlte. Die Tote in seinem Keller und die schrecklichen Befürchtungen traten in den Hintergrund und zurück blieb nur diese beflügelnde Leichtigkeit. Kein Zweifel: Er war verliebt. So musste es sich anfühlen, wenn man sich soeben verliebt hatte.

Oben im Hausflur traf er auf die Witwe Hufnagel, die den breit grinsenden Mann mit hochgezogenen Brauen musterte.

»Nägelchen, ich bin verliebt. Ich werde heiraten!«

»Ach, ja? Das sind ja ganz neue Töne. Noch letzte Woche wollten Sie in den Orient reisen, um die Medizin des Abendlandes zu studieren. Vorletzte Woche wollten Sie ein umfassendes, medizinisches Werk verfassen und dieser Aufgabe Ihr ganzes Leben widmen.«

»Aber das eine schließt das andere doch nicht aus!«

»Nun, die Zeit könnte Ihnen knapp werden, wenn Sie weiter in diesem Tempo Pläne schmieden. Wer ist denn die Glückliche?«

»Liesbeth Sandrini!«

»Die Tochter der Sandrinis? Himmel hilf! Das Mädchen ist mehr als zehn Jahre jünger als Sie! Fast noch ein Kind. Obwohl, manchmal erscheinen Sie mir auch noch wie ein Kind.«

»Ich bin zu dem Schluss gekommen, dass sie genau die richtige für mich ist!«

Die Witwe Hufnagel konnte sie ein spöttisches Lächeln nicht verkneifen. »So, so. Wird Sie also mit Ihnen in den Orient fahren, wie? Männer haben doch nichts als

Unsinn im Kopf. Vergewissern Sie sich wenigstens, dass es derselbe Unsinn ist, den das Sandrinimädchen im Kopf hat, bevor Sie mit ihr vor den Altar treten.«

»Was meinen Sie, Nägelchen?«

»Nun Mädchen in Liesbeths Alter träumen für gewöhnlich nicht davon, ein Buch zu schreiben oder durch die Welt zu reisen.«

»Da irren Sie sich, Nägelchen. Da irren Sie sich ganz bestimmt.« Schwungvoll schritt er an ihr vorbei ins Wohnzimmer und schloss die Tür hinter sich.

»Na hoffentlich«, murmelte die Witwe Hufnagel und runzelte die Stirn.

Kapitel 7

»Na, wie fühlt man sich so als Tochter einer Mörderin?«

Liesbeth blieb vor Schreck fast das Herz stehen, als plötzlich Hilda hinter einem Baum hervorsprang und sie frech angrinste. Sie sah noch immer aus wie in jener Nacht am Fluss, wunderschön und irgendwie wild.

Wieder war es Liesbeth, als wäre da etwas in ihren Gesichtszügen, das ihr vage bekannt vorkam, doch sie konnte es nicht benennen.

»Du hast mir einen Heidenschreck eingejagt! Was willst du überhaupt hier?«

»Ich verdiene meinen Lebensunterhalt.«

»Und wie? Bist du etwa eine Diebin? Zählt die Dorfstraße neuerdings zu deinem Revier? Bist du auf der Suche nach einem reichen Opfer? Also meine Taschen sind leer!«

Liesbeth wollte sich schon an der wesentlich größeren Hilda vorbei drängen, doch diese hielt sie am Arm fest, griff nach ihrer Faust und bog energisch die Finger auseinander. Liesbeth hielt gegen ihren Willen inne.

Eine Weile starrte sie mit gerunzelter Stirn in Liesbeths Handfläche. Dann ließ sie Liesbeth los und verkündete mit in die Hüften gestemmten Händen:

»Deine Lebenslinie stößt in näherer Zukunft auf eine Querlinie. Ein entscheidendes Ereignis steht bevor. Du wirst viel Glück und auch Mut brauchen, um dein Abenteuer zu bestehen, sonst endet dein Lebensweg frühzeitig. Wenn du aber bestehst, wartet der Mann deines Lebens auf dich, der dich glücklich machen

kann, wenn er dich unter den richtigen Voraussetzungen ehelicht. Meide die Lüge und das Schweigen, Liesbeth. Sie sind deine Feinde.«

Liesbeth war bei Hildas Worten bleich geworden. Furcht war ihren Hals emporgekrochen und hatte ihr die Kehle abgeschnürt. Doch jetzt, wo Hilda geendet hatte, spürte Liesbeth plötzlich wieder die heiße Wut in sich aufsteigen.

»Wie kommst du dazu, mir ungefragt so gottloses Zeugs zu sagen? Nennst mich Tochter einer Mörderin und stempelst mich nur einen Atemzug später zur Lügnerin? Verschwinde, Hilda und lass mich heimgehen zu meiner Familie!«

Hildas frecher Gesichtsausdruck war während Liesbeths Ausbruch einem bittenden gewichen.

»Entschuldige, Liesbeth. Es mir eigentlich egal, was man sich erzählt, die Leute reden doch nur Unfug daher. Ich wollte dich nur ein wenig ärgern. Doch deswegen bin ich nicht hierhergekommen. Ich habe dich gesucht, weil ich Dich etwas fragen will. Wie geht es Milan? Geht es ihm wieder etwas besser?«

Augenblicklich fiel von Liesbeth jede Feindseligkeit ab.
»Milan? Immerzu Milan? Was geht dich mein Vater an?«
Hilda lachte.

»Mehr als du ahnst, und sicher mehr, als du jemals erfahren solltest. Und deswegen sage ich dir auch nichts darüber. Ich will nur wissen, wie es ihm geht«

»Komm doch mit heim und überzeuge dich selbst.«

»Niemals!«, stieß Hilda leidenschaftlich hervor. »Ich bin in eurem Haus nicht erwünscht, das weiß ich nur zu gut. Deine Mutter hat so entschieden und zwar schon vor Jahren. Doch das ändert nichts an meiner Zuneigung zu Milan. Ich gehe nur deiner Mutter, der Mörderin, aus dem Weg.«

»Dann schlag nur keinen allzu großen Bogen um sie,

denn der Doktor meint, dass eine Bestie die alte Harms getötet hat und nicht meine Mutter!«

»Eine Bestie?«

»Eine Bestie von enormer Größe und mit riesigen Zähnen im Maul. Ich kenne die Zähne meiner Mutter. Sie hat bestimmt kein Stück aus Hedda Harms herausgebissen! Aber wenn du es vorziehst, dich vor meiner Mutter zu fürchten, nur zu. Warum gehst du nicht in den Wald und fürchtest dich dort? Vielleicht hat die Bestie schon wieder Hunger!«

»Was denn für eine Bestie?« Hilda klang ehrlich neugierig.

»Die Bestie von... von... Frankreich, Herrgott nochmal!« Der komplizierte Name der Region wollte ihr einfach nicht mehr einfallen. Liesbeth kannte sich in fremden Sprachen nicht aus. »Es ist ein Untier aus Frankreich und es hat schon hundert Menschen getötet.«

»Du sprichst von Gévaudan?«

Liesbeth riss die Augen auf und starrte Hilda an. Jetzt war sie ehrlich neugierig und sehr überrascht. »Woher kennst du diesen Namen?«

Hilda zuckte die Achseln.

»Bin mal dort gewesen. Irgendwann im letzten Winter.« Hilda setzte sich in Bewegung und Liesbeth lief neben ihr her die Dorfstraße hinab. Fast wie Freundinnen steckten sie nun die Köpfe zusammen und Liesbeth lauschte den Worten der Größeren. Dieses Mal hatte sie keine Angst wie noch kurz zuvor im Keller von Albert Gründig. Möglicherweise lag es daran, dass sie sich jetzt an der frischen Luft befand und keine verstümmelte Leiche neben ihr auf einem Tisch lag.

»Ich habe noch nie so viele verängstigte Menschen auf einem Haufen gesehen. Manche trauten sich kaum noch auf ihre Felder. Überall waren ihre Häuser verrammelt! Unglaublich! Gévaudan ist jetzt ein lautloser Ort.

74

Niemand ist auf den Gassen, wenn er es vermeiden kann. Nur in die Kirche rennen sie alle, wie die Verrückten. Irgendein schlauer Bischof hat ihnen eingeredet, dass die Bestie eine Strafe Gottes ist und sie für all ihre Sünden büßen müssen. Nur Buße soll sie erlösen. Was für ein Blödsinn.«

Liesbeth hielt inne und krauste die Stirn. »Moment mal. Wenn die Bestie von...«

»Gévaudan!«

»Meine ich ja. Also, wenn diese Bestie den Franzosen für ihre Sünden geschickt wurde, was sollte sie dann hier bei uns verloren haben?«

»Merkst du was? Alles Blödsinn, was den Menschen da erzählt wird. Doch völlig egal, wo du hingehst, Dummheit gibt es überall, Liesbeth. Die macht auch vor Geld und Titel nicht Halt.«

»Aber wenn es nun doch nicht die Bestie von G... dada ist, die hier bei uns herumläuft! Weil die ja in Frankreich bleiben muss! Wegen der Sünder dort!«

Hilda schlug sich mit der flachen Hand vor die Stirn und stöhnte auf. »Herrje, Liesbeth! Die Schlaueste bist du auch nicht gerade, weißt du? Gott schickt keine Bestie, die wahllos Leute frisst, auf die Erde, um zu strafen. Warum sollte er so etwas tun?«

»Weil Dummheit nicht vor Geld und Titel Halt macht?«, entfuhr es Liesbeth und kicherte, verstummte aber sofort, weil ihr bewusst wurde, dass sie diese Gotteslästerung wohl würde nächsten Sonntag beichten müssen.

Hilda an ihrer Seite jedoch schien sich vor Lachen ausschütten zu wollen. Sie war stehengeblieben und krümmte sich vor Lachen, während Tränen ihr über die Wangen kullerten.

Liesbeth sah sich unsicher um, ob sie vielleicht beobachtet wurden. Doch inzwischen hatten sie die dicht beieinander stehenden Häuser des Dorfes hinter sich gelassen und links und rechts des Weges befand sich nur freies, abgeerntetes Feld. Ein Stück voraus stand eine Baumgruppe, deren Äste im Wind tanzten. Irgendwo knackte es. Ein Ast? Liesbeth spürte, wie die Angst, die Hildas Nähe für eine Weile vertrieben hatte, mit großer Wucht zurückkehrte und ihr den Atem raubte. Wenn es eine Bestie gab, dann standen sie hier als lebendiges Futter herum, während sich Hilda neben ihr vor Lachen bog. Hastig griff sie nach der Hand der großen Frau und zog sie weiter.

Hilda hörte abrupt auf, zu lachen und sah sich misstrauisch um.

»Was ist denn? Was hast du auf einmal?«

»Mir ist gerade aufgefallen, dass wir genau das machen, was die Franzosen vermeiden, um am Leben zu bleiben. Wir stehen völlig unnütz auf der Straße herum.«

Hilda wurde nun ebenfalls wieder ernst.

»Sollte es wirklich eine Bestie in den grünen Hügeln oberhalb des Dorfes geben, so hast du Recht. Ist vielleicht besser, wenn ich die Gegend wieder verlasse und weiterziehe. Bin sowieso nicht gekommen, um zu bleiben. Das tue ich nie. Aber jetzt beantwortest du mir meine Frage. Wie geht es Milan?«

Da erklang unvermittelt ein seltsamer Laut. Ein Heulen, lang und durchdringend, das der Wind zu ihnen herübertrug, ließ beide erstarren. Eilig sahen die beiden Frauen sich um, ließen die Köpfe von links nach rechts fliegen, doch sie sahen nichts, was das Geräusch verursacht haben könnte.

»Es war sicher nur ein Hund«, murmelte Hilda schließlich.

»Und wenn nicht?«

»Ein Grund mehr, rasch von hier zu verschwinden«, erwiderte Hilda und machte Anstalten zum Dorf zurückzulaufen.

76

»Warte! Du kannst mich doch hier nicht allein stehen lassen!«

Hilda zögerte tatsächlich. Sie schien einen kleinen Kampf mit sich selbst auszufechten, doch dann kam sie zurück und hakte sich bei Liesbeth unter.

»Das ist jetzt schon das zweite Mal, dass ich dich sicher vor einer Haustür abliefere. Das wird nicht zur Gewohnheit, verstanden? Und ich setze keinen Fuß auf euren Hof!«

Dankbar hängte sich Liesbeth an Hilda und erzählte ihr nun ausführlich alles über Milans Gesundheitszustand. Zumindest das, was sie selber wusste. Hilda hörte konzentriert zu, fragte nach, wie und womit Milan von Gründig behandelt wurde, schnaubte einige Male ärgerlich, als wüsste sie es selbst besser. Ehe sie sich versahen, hatten sie den Hof erreicht. Schon von weitem konnte Liesbeth die Silhouette ihrer Mutter in der offenen Haustür erkennen. Hilda jedoch schien Theda noch nicht bemerkt zu haben.

Erst als Liesbeth einen Augenblick zu lang zu ihrer wartenden Mutter herüber spähte, bemerkte Hilda die Frau in der Tür. Sie ließ Liesbeth los, drehte sich ruckartig herum und marschierte auf und davon. Die Schöße ihres Männerrocks wehten hinter ihr her und ihr langes Haar flog im Wind, als sie in Richtung Dorf schritt.

»Hilda? So warte doch! Hilda!«, rief Liesbeth ihr nach.

Doch die andere verfiel in einen leichten Trab und wandte sich nicht mehr um.

Als Liesbeth ihre Mutter erreichte, sah diese verstört aus.

»Wer hat dich denn da heimgebracht?«

»Eine Frau vom Fluss. Sie hat nach Vater gefragt.«

»So? Sie kam mir so seltsam bekannt vor.«

»Sie nennt sich Hilda. Und weißt du was, Mutter? Mir kommt sie irgendwie auch bekannt vor. Irgendetwas an

ihr ist mir auf seltsame Weise vertraut.«

»Hilda?« Theda krauste die Stirn. Dann schien ihr etwas einzufallen. »Hilda!«, rief sie laut aus und der Ausdruck der Erkenntnis trat auf ihr Gesicht. »Warum ist sie denn bloß davongelaufen?«

»Sie hat irgendetwas gegen dich, Mutter. Sie sagt, sie sei hier nicht willkommen und das habe mit dir zu tun.«

»Mit mir? Blödsinn. Los, gib mir dein Tuch, Liesbeth. Nun mach schon, ich laufe ihr nach!«

Hastig zog sich Liesbeth das vom Nieselregen noch feuchte Schultertuch vom Kopf und reichte es der Mutter. Diese warf es sich über und lief nun ebenfalls in Richtung Dorf davon.

»Mutter! Was ist denn los?«

Statt einer Antwort, rief Theda ihr über die Schulter zu: »Geh und bring deinem Vater eine Suppe!«

Als Liesbeth, mit der Schüssel voller Brühe in der Hand, die Kammer der Eltern betrat und sich dem im Bett liegenden Milan näherte, hörte sie sein leises Schnarchen. Ihr Vater schlief. Sie würde ihn wecken müssen, wenn er die Suppe heiß essen sollte. Einen Augenblick lang stand sie an seinem Bett und betrachtete das Gesicht des Schläfers, seine eingefallenen Wangen und das dünne Haar. Sie erinnerte sich noch an den kräftigen gesunden Milan, doch das Bild schwand langsam aus ihrer Erinnerung. An seine Stelle trat mehr und mehr das Bild des kranken ausgezehrten Mannes, was sie traurig stimmte. Sie wollte sich später einmal lieber an ihren gesunden Vater als an den kranken erinnern.

Während sie dastand und ihn betrachtete, traf sie die Erkenntnis wie ein Blitz. Sie schnappte nach Luft, setzte die Schüssel mit einem Knall auf dem hölzernen

Nachttisch ab und packte ihren Vater an der Schulter. Dieser öffnete irritiert die Augen.

»Was ist denn los?«

»Vater! Wer ist Hilda?«

»Hilda?«

»Die Frau, die dir so ähnlich sieht! Oder sah. Damals, als du noch gesund warst! Wer ist die Wahrsagerin?«

Liesbeth beobachtete, wie ihr Vater im Bett einzuschrumpfen schien.

»Hilda. Die kleine Hilda. Ist sie hier?«

Kapitel 8

»Ich halte das nicht mehr aus, ich halte das wirklich nicht mehr aus!«

Clemens hockte, den Kopf in den Händen vergraben auf Liesbeths Bettkante und ließ seinen Gefühlen freien Lauf. Liesbeth gab sich redlich Mühe, ihren großen Bruder zu verstehen, aber so recht wollte ihr das nicht gelingen.

»Aber was ist denn so schlimm daran, einen Tag lang im Stall zu arbeiten? Du hast doch früher auch schon einmal die Kühe gemolken, bei dem Schwein ausgemistet und die Eier der Hühner eingesammelt. Das sind einfache Aufgaben, jedes Kind kann sie bewältigen.«

»Ich nicht! Oder nicht mehr!« Clemens Gesicht tauchte aus den Armen auf. »Liesbeth, ich habe es wirklich versucht, aber ich ertrage es nicht. Es ist nicht nur diese unglaubliche Eintönigkeit, die ein Tag im Stall mit sich bringt. Es sind auch diese unglaublichen Gerüche. Meine Hände Liesbeth! Und meine Haare! Hier, riech mal! Ich stinke, Liesbeth! Ich stinke erbärmlich und ich ekele mich so sehr vor diesen Gerüchen. Aber sie wollen mich nicht loslassen, sie begleiten mich aus dem Stall heraus und sind plötzlich überall, wo ich bin!«

»Clemens, du riechst eben nach Stall. Na und? Wenn du den ganzen Tag an der Orgel sitzt, stinkst du bei deiner Heimkehr nach Weihrauch. Soviel besser ist das auch nicht.«

»Es liegen Welten zwischen Weihrauch und Stall!«

»Deine Welten, vielleicht«, antwortete Liesbeth und lachte, wurde aber gleich wieder ernst. »Mir scheint, du kannst noch von Glück reden, überhaupt auf einem Bauernhof leben zu dürfen, nach allem, was wir heute

80

erfahren haben.«

»Ach, ich bitte dich, Liesbeth! Diese Geschichte kann doch so gar nicht stimmen, wie Mutter und Vater sie dir heute erzählt haben.«

»Aber Hilda ist Papas kleine Schwester. Das hat er selbst gesagt. Sie sind zusammen mit unserem Großvater im Pferdewagen durchs Land gereist und haben sich ihr Brot als Gaukler und Wahrsager verdient. Stell dir das nur mal vor, Clemens! Unser Vater, der Jongleur!«

»Und wie sind sie dann an diesen Hof gekommen?«

»Eine Entlohnung, sagt Mutter. Und er gehört uns ja auch gar nicht. Er wird dir gehören, denn erst in der zweiten Generation geht er in den Besitz der Familie über.«

»Ich will ihn aber gar nicht!« Clemens sah aus, als würde er gleich zu weinen anfangen. Liesbeth beeindruckte das wenig.

»Ich glaube, Hilda wäre sehr froh, diesen Hof ihr Heim nennen zu können. Stell dir vor, sie ist die letzte noch lebende Verwandte von Papa. Alle anderen sind längst verstorben. Das Leben auf der Straße ist hart, Clemens. Sicher wäre auch Vater schon tot, wenn er diese einmalige Chance nicht ergriffen hätte.«

»Warum hätte irgendjemand ihm diese Chance geben sollen? Was kann er schon Großes geleistet haben?«, höhnte Clemens und trat gegen Liesbeths Bettpfosten.

»Das scheinen uns beide nicht verraten zu wollen. Vielleicht weiß Hilda ja mehr. Jetzt, wo die beiden alle Missverständnisse aus dem Weg geräumt haben, wird sie Mutter wohl häufiger hier besuchen. Zumindest wünsche ich mir das und Mutter glaube ich auch. Nicht zu fassen, dass es Vater war, der seine eigene Familie auf dem Hof nicht haben wollte. Und dass er Mutter vorgeschoben hat!«

»Eine Unverschämtheit von ihm. Selbst wenn es sich

bei unserer Verwandtschaft nur um fahrendes Volk handelt, Mutter hätte ihnen nie die Tür vor der Nase zugeschlagen! Ihnen einzureden, dass sie es ist, die sie hier nicht haben will und das von Anfang an! Typisch Vater!«

»Er war mal wieder um seinen guten Ruf besorgt. Stell dir vor, wie es für sie gewesen sein muss. Als Fremde im Dorf. Kamen von irgendwo her und durften plötzlich diesen Hof bewirtschaften. Was hätte man sich wohl im Dorf über sie erzählt, wenn hier die Gaukler aus- und eingegangen wären, hm?«

»Er hätte ehrlich sagen müssen, dass dies seine Entscheidung ist. Und nicht behaupten, es wäre die unserer Mutter. Das war feige von ihm.«

»Ja. Das war es wohl«, musste Liesbeth ihm zustimmen.

Noch deutlich stand ihr vor Augen, wie die Mutter von ihrem Ausflug in den kühlen Herbsttag heimgekommen war, rote Zornesflecken auf den Wangen. Liesbeth hatte schon befürchtet, etwas falsch gemacht zu haben, doch die Mutter war wortlos an ihr vorbeigelaufen, direkt in die Schlafkammer des Vaters. Dieser hatte Liesbeth kurz zuvor gestanden, dass Hilda tatsächlich seine Schwester und somit Liesbeths Tante war.

Danach waren viele laute und zornige Worte in der Kammer gefallen und Liesbeth war es ein Leichtes gewesen herauszuhören, dass Theda Hilda niemals das Haus verboten hatte und es auch niemals vorgehabt hätte.

Viele Minuten hatte der Wutausbruch der Mutter gedauert, bevor sie die Kammer des kleinlauten Vaters mit stampfenden Schritten wieder verlassen hatte.

Noch immer vor Zorn bebend, fand Liesbeth sie schließlich, mit dem Bierkrug in der Hand, am warmen Ofen. Sie hatte Tränen in den Augen.

»Die arme Jasmin, die arme, arme Jasmin«, hatte sie immer wieder vor sich hin gemurmelt und es hatte

82

eine Weile gebraucht, um der Mutter die wenigen Informationen zu entlocken, die sie jetzt mit Clemens geteilt hatte. Doch Clemens schien mehr interessiert an seinem eigenen Jammer als an Hilda.

»Clemens, bitte. Gib dir Mühe und versuche, den Hof zu führen. Tu es für unseren Vater. Der weiß aus eigener Erfahrung, dass es Schlimmeres im Leben gibt als Stallgeruch in den Haaren. Denk daran, dass der Hof eines Tages dir gehören wird.«

»Ich will den Hof aber nicht!«, brach es leidenschaftlich aus Clemens hervor.

»Ja, aber was willst du denn dann?«

Clemens schwieg und ein verträumter Ausdruck trat in seine Augen.

»Hast du schon einmal von Wien gehört, Liesbeth?«

Liesbeth zog erstaunt die Brauen hoch.

»Also, das ist ziemlich weit weg.«

»Eigentlich geht es ja auch gar nicht um Wien, sondern um eine Stadt in der Nähe von Wien. Dort steht ein Schloss, in welchem er als Kapellmeister arbeitet.«

»Wer?«

»Haydn, Liesbeth! Joseph Haydn! Der Mann fragt nicht, ob du in einem Stall oder in einem Schloss geboren wurdest! Er unterrichtet, wem das Talent gegeben ist! Und Talent habe ich! Mehr als genug! Wenn ich nur zu ihm könnte, wenn ich für ihn musizieren dürfte! Liesbeth, mir könnte die Welt offenstehen. Ich könnte ein angesehener Kirchenmusiker werden, wenn er mich unterrichten würde!«

»Muss es denn gleich Wien sein? Kannst du nicht weiter hier in der Kirche die Orgel spielen?«

»Liesbeth, ich sage es dir wirklich nicht gern, aber du bist wirklich ein sehr dummes, kleines Mädchen!«, fuhr Clemens seine Schwester barsch an.

Mit einem letzten Tritt gegen ihren Bettpfosten, verließ

83

er ihre Kammer und überließ eine empörte Liesbeth sich selbst.

»Ich? Ich bin ein dummes, kleines Mädchen? Wer von uns beiden träumt denn hier von Wien? Das bist doch wohl du, Clemens Sandrini!«

Ärgerlich schlug sie mit den Fäusten auf die Bettdecke.

Liesbeth lag wach und wartete darauf, dass ihre Wut auf Clemens nachließ. Doch sie tat es nicht. Unten in der Stube hörte sie Theda laut und zornig mit sich selbst sprechen. Das ganze Haus schien voller Zorn nur ihr Vater lag in seinem Bett und litt still. Ihr Vater der Jongleur. Der Mann, der seine Familie verleugnet hatte. Clemens hatte recht mit seinen Zweifeln. Wie konnte ein Jongleur an einen eigenen Hof geraten sein? Wer sollte so dankbar ihm und Theda gegenüber gewesen sein? Wer hatte einen Bauernhof zu vergeben? Liesbeths Zorn wich mehr und mehr der Neugierde. Schließlich hielt sie es nicht mehr aus, stieg aus dem Bett, warf sich das Schultertuch über und schlich zur Kammer des Vaters.

Als sie auf ihr Klopfen keine Antwort erhielt, trat sie leise ein und erwartete fast, den Vater schlafend vorzufinden. Doch er lag mit weit geöffneten Augen im Bett. Die Stirn schweißnass.

»Geht es dir gut?«, fragte Liesbeth und setzte sich auf seine Bettkante.

»Nicht schlechter als sonst, denke ich.« Milan hustete trocken und versuchte ein Lächeln.

»Kannst du nicht schlafen, Liesbeth?«

Sie schüttelte den Kopf.

»Ich habe zu viele Fragen. Ich bin gekommen, um bei dir Antworten zu finden. Ich verstehe einfach nicht, warum wir hier sind, wer wir sind und wem ich dafür

dankbar sein muss, dass ich nicht in einem Pferdewagen geboren wurde.«

Milan verzog das Gesicht als hätte er Schmerzen. Dann ergriff er die Hand seiner Tochter und drückte sie schwach.

»Ich bin mir nicht sicher, ob du schon alt genug für all die Antworten bist, die du erwartest. Aber da ich nicht weiß, wieviel Zeit mir noch bleibt, werde ich dir Antworten geben.«

Liesbeth wollte zu einem leidenschaftlichen Protest ansetzen. Dem Vater sagen, dass alles gut werden würde, doch sie schluckte die Worte herunter. Wenn sie Wahrheiten von ihrem Vater erwartete, so war es nicht richtig, ihm mit der Lüge zu begegnen. Ihr Vater machte, wie er dort schmal und schwer atmend in seinem Bett lag, nicht den Eindruck, als würde alles gut werden.

»Sag es mir«, flüsterte sie stattdessen und sah in seine glänzenden Augen.

»Ich habe es dir schon längst gesagt. Erinnerst du dich noch an das Märchen von der Prinzessin, dass ich dir vor langer Zeit erzählt habe? Das, nachdem du mich noch so oft gefragt hast?«

Liesbeth nickte.

»Es ist eigentlich gar kein Märchen. Es ist die Geschichte deiner Mutter.«

»Meine Mutter war eine Prinzessin? Du willst mich auf den Arm nehmen!«

Milan grinste und unterdrückte ein Husten. Für einen Moment sah er um Jahre jünger aus und Liesbeth begriff, dass dies die Liebe zu ihrer Mutter bewirkte, die er sich selbst ins Gedächtnis rief.

»Deine Mutter war keine Prinzessin, sie war die Tochter eines Bauern und damit so weit von mir entfernt wie eine Prinzessin. Fahrendes Volk steht so weit unter allem, Liesbeth, dass es nicht einmal eine eigene Stufe hat. Von

dort unten gibt es keinen Weg hinauf. Für niemanden. Doch dann traf ich deine Mutter.«

»Und meine Mutter war auf der Suche nach einem Prinzen?«, fragte Liesbeth ungläubig.

Milan schüttelte den Kopf und bekam einen erneuten Hustenanfall. Liesbeth wartete äußerlich geduldig, doch innerlich sehr gespannt auf den Augenblick, in dem er fortfuhr.

»Es war unser Kurfürst. Ihm gehört dieser Hof. Wenn Theda nur gewollt hätte, hätte er sie mit einem Edelmann verheiratet. Doch sie wollte mich.«

Milans Gesichtszüge wurden weich. Und in seine Stimme kehrte eine lang vergessene Leidenschaft zurück.

»Durch die Liebe einer Frau und die Gnade eines Kirchenmannes kam ich hierher und ich wollte mich würdig erweisen, Liesbeth! Ich wollte deiner Mutter alles geben, was sie verdiente: Wohlstand, Ansehen, alles, was ihr zustand. Aber die Dinge entwickelten sich nicht so, wie ich es erhofft hatte.«

»Aber Mutter hat dieses Ansehen nie gewollt! Nicht, wie du es verstehst! Sie hätte sich nicht an deiner Familie gestört!«

Liesbeth hörte den Ärger in der eigenen Stimme und hoffte, den Vater damit nicht zum Verstummen zu bringen. Doch sie hatte das starke Bedürfnis, dem Vater zu sagen, dass er falsch gehandelt hatte. Milan jedoch schien plötzlich wieder zu Kräften zu kommen und klang fast beschwörend, als er ihr jetzt widersprach.

»Man kann aber nicht in zwei Klassen leben, Liesbeth! Der Pöbel zieht dich hinab, macht dich weniger wert in den Augen der Anderen! Ich wollte nicht, dass man deine Mutter mit Zigeunern in Verbindung bringt. Und ich wollte der Straße für immer entkommen, das war die Erfüllung all meiner Wünsche.«

In Milans Augen konnte sie Tränen glitzern sehen, als

86

er fortfuhr. »Mein Vater, Viggo, hat mich verstanden. Und wenn du eines Tages Arztfrau bist, einem Haushalt vorstehst, ein Dienstmädchen hast, dann wirst du verstehen, was ich meine und in der Kirche nicht mehr in der gleichen Bank wie wir sitzen, sondern ganz vorn beim Bürgermeister, hörst du?«

»Vater!« Liesbeth war gleichermaßen peinlich berührt und empört.

Er lachte, doch sein Lachen ging in einen würgenden Husten über. »Du hast geglaubt, ich liege hier in meiner Kammer und bekomme nicht mit, was vorgeht, nicht wahr? Aber ich habe Augen und Ohren, Liesbeth, und ich wünsche dir, dass du dein Glück findest. Du magst ihn doch?«

Liesbeth brachte nur ein Nicken zustande.

»Dann wird alles gut werden. Er hätte dich nicht für sich arbeiten lassen, wenn es ihm nicht genauso ginge. Glaub mir, du gefällst ihm auch. Wäre ja auch lachhaft, wenn dem nicht so wäre, meine Hübsche.«

Liesbeth zögerte einen Moment. Doch dann sprach sie aus, was sie bewegte. Wann, wenn nicht jetzt, war der Moment, um sich ihrem Vater anzuvertrauen.

»Ich bin mir nicht so sicher, ob er nicht doch nur eine Angestellte will, die sich seine langen Reden über Krankheit und Tod anhört. Aber wenn es so kommt, wenn ich eine Arztfrau werden sollte, wird meine Tür meiner Familie immer offen stehen. Sogar Hilda.«

Milan, der noch immer ihre Hand hielt, drückte sie sanft. »Das sagst du jetzt, kleine Liesbeth. Doch wenn Frau Bürgermeister zu deinem Teekränzchen kommt, wirst du Hilda dann wirklich an den gleichen Tisch bitten? Denke jetzt nicht nur an deine Gefühle. Denke auch an deine Kinder und wie sie einmal von anderen gesehen werden. Glaub mir, eine Zigeunerin würde Albert Gründig nie in Erwägung ziehen.«

»Das ist nicht richtig. Das ist nicht christlich!«, begehrte Liesbeth auf.

»Nein, das ist es nicht. Das sind die Regeln der Gesellschaft.« Er hustete erneut. »Ich schäme mich dafür, mich von meiner Familie losgesagt zu haben, aber es bleibt dabei: Ich tat das Richtige.«

»Nicht, als du Mutter diese Entscheidung untergeschoben hast. Hilda hat sie dafür gehasst«, wandte Liesbeth ein

»Ich glaubte, es wäre verständlicher für sie, wenn ich es als Thedas Entscheidung hinstellte. Von einer Bauerstochter abgelehnt zu werden, ist leichter als vom eigenen Bruder. Mein Vater hätte nie erwartet, von uns willkommen geheißen zu werden. Er verstand die Welt.«

Ein Hustenanfall beendete seine Worte. Liesbeth strich ihm sanft über die Hand und zog sich zurück, sobald er wieder ruhiger atmete. Zurück in der eigenen Kammer blieb ihr Blick an ihrem rosa Kleid hängen. Sie strich über den Stoff und die verblassenden Stickereien. Zweifelsfrei untermauerte es Milans Geschichte. Die Mutter hatte bessere Zeiten erlebt. Doch noch immer wusste Liesbeth nicht, warum der Kurfürst Theda so freundlich gesonnen war. Dieser Teil der Geschichte war erneut geschickt umgangen worden. Immerhin wusste sie jetzt, wer der Gönner war, der das Schicksal ihrer Familie so entscheidend mitgestaltet hatte.

Liesbeth stieg zurück in ihr Bett und versuchte zu schlafen. Es gelang ihr nicht. Sie wälzte sich in ihren Laken und fand keinen Schlaf. Irgendwann hörte sie die Schritte der Mutter, die näher kamen und vor Clemens Kammer anhielten. Liesbeth wusste, dass die Mutter jetzt gleich die Tür öffnen und den Atemgeräuschen ihres Sohnes lauschen würde. Das tat Theda auch stets an ihrer Tür, jeden Abend, bevor sie selbst zu Bett ging. Also richtete sich Liesbeth darauf ein, dass auch ihre Tür

sich gleich öffnen würde.

Die Minuten verstrichen. Die Mutter kam nicht. Liesbeth wurde immer unruhiger. Was ging denn jetzt schon wieder vor sich? Noch ein paar Augenblicke wartete sie ab, dann sprang sie aus dem Bett und verließ ihre Kammer.

Auf dem Flur wies ihr ein schwacher Lichtschein den Weg zu Clemens Kammer. Barfüßig tapste Liesbeth über den kühlen Holzboden und trat ein. Auf Clemens leerem Bett saß Theda. Einen Kerzenstumpf vor sich auf dem Boden abgestellt und wimmerte leise.

»Mutter! Was ist los?«

Angstvoll lief Liesbeth zu ihr hin und legte Theda den Arm um die Schultern.

»Jetzt ist er fort. Mein Sohn, das Wertvollste, was ich besaß. Es war meine Aufgabe, ihn glücklich zu machen. Ich hatte es doch versprochen«, schluchzte diese.

Liesbeth war viel zu erschrocken, um sich über die Worte der Mutter zu wundern. Sie würde sie später daran erinnern, dass sie ja immer noch einen Mann und eine Tochter hatte. Stattdessen sah sie sich suchend in der Kammer um und musste ihrer Mutter schließlich Recht geben. Dieser Ort war nicht nur für eine kurze Weile verlassen worden, etwa um ein beruhigendes Orgelspiel in der Kirche zu genießen. Clemens war gegangen, um nie mehr wieder zu kommen, denn er hatte all seine wenigen Habseligkeiten zusammengerafft und mitgenommen. Er hatte diesen Hof, den Lebenstraum seines Vaters, nie zu schätzen gewusst und jetzt wollte er ihn ganz hinter sich lassen.

»Wien«, murmelte Liesbeth. »Kann er es wirklich bis nach Wien schaffen wollen?«

»Wien? Aber das liegt doch ganz woanders! Ganz, ganz weit weg, bei den Habsburgern!«, jammerte Theda und schniefte in ihre Schürze.

»Habsburger oder Wittelsbacher Herrschaft. Das ist Clemens egal, solange er nur musizieren darf.«

»Aber das darf ihm nicht egal sein! Ihm doch nicht!« Theda war verzweifelt.

Liesbeth streichelte ihr mechanisch den Rücken und dachte nach. Wenn man Clemens einfangen und zurückbringen wollte, dann brauchte es einen Wagen, soviel war sicher. Sie dachte kurz an den Leiterwagen im Schuppen, dessen gebrochenes Rad Milan schon vor Monaten hatte richten wollen und seufzte. Sie brauchten jetzt wirklich Hilfe. Clemens konnte schon Stunden weg sein.

»Albert«, flüsterte sie.

»Wer?« Die Mutter hob erstaunt den Kopf und sah sie an.

»Albert muss ihm nach und ihn zurückbringen. Er darf uns jetzt nicht einfach im Stich lassen!«

»Albert? Wer ist denn jetzt Albert?«

Liesbeth hielt sich nicht mit Erklärungen auf. Sie lief zurück in ihre eigene Kammer, warf sich das verschossene rosafarbene Kleid über und fuhr sich mit den Fingern durchs Haar.

Sie war heute nicht sehr nett zu ihm gewesen. Würde es ihr trotzdem gelingen, ihn erneut zu überreden ihr zu helfen? Mitten in der Nacht? Schon wieder?

»Liesbeth, ich mache gerade wirklich schon genug durch, also bitte sag mir, wer Albert ist.« Theda war Liesbeth nachgekommen und sah ihrer Tochter befremdet beim Ankleiden zu.

»Doktor Gründig. Albert ist Doktor Gründig. Er kann Clemens nachfahren. Er kann ihn finden und zurückbringen. Ihm werden schon die richtigen Worte einfallen.«

»Albert? Albert Gründig? Liesbeth, du wirst dich doch nicht in Schwierigkeiten gebracht haben? Du bist doch

noch so jung!«

»Schwierigkeiten? Was denn für Schwierigkeiten?«

Liesbeth war mit ihren Gedanken so sehr bei Clemens gewesen, dass sie einen Moment lang wirklich nicht wusste, wovon ihre Mutter sprach. Dann aber schnappte sie empört nach Luft.

»Mutter! Wofür hältst du mich denn? Denkst du denn, ich sei so furchtbar dumm?«

Einen Moment lang schien Theda überlegen zu müssen. Doch dann lächelte sie plötzlich.

»Nein, das bist du wohl nicht. Entschuldige, dass ich an dir gezweifelt habe. Du scheinst mir jetzt schon klüger, als ich es je war.«

Zärtlich küsste sie ihre Tochter auf die Stirn, die verwirrt das Gesicht verzog. Doch eine Erklärung bekam Liesbeth nicht.

»Dann laufen wir zu deinem Doktor.«

»Nein, Mutter. Vater geht es nicht gut. Geh zu ihm. Und vergib ihm wegen Hilda und seiner Lüge. Er hat es nur gut gemeint. Er hat es für uns getan.«

Theda sah einen Moment lang unentschlossen aus.

»Mutter, bitte. Vater braucht dich. Clemens ist nur ein dummer Junge mit dem Kopf voller Flausen, genau wie Vater immer gesagt hat. Albert wird ihn finden.«

Theda ballte einen Moment die Fäuste, rang innerlich mit sich und traf eine Entscheidung.

»Gut. Wenn er mir den Clemens zurückbringt, werde ich ihm das niemals vergessen. Lauf!«

Energisch schob Theda ihre Tochter nun vor sich her. Diese konnte noch rasch eine Laterne im Vorübergehen greifen, dann fand sie sich auch schon in der kalten Herbstnacht wieder. Krachend schlug die Tür hinter ihr zu. Liesbeth war wieder auf sich gestellt. »Ich möchte gerne wissen, ob sie auch so verzweifelt wäre, wenn ich bei Nacht und Nebel das Weite gesucht hätte«, murmelte

Liesbeth und zog fröstelnd die Schultern hoch. »Bringen wir ihr also ihren kleinen Liebling zurück, bevor er sich verkühlt. Aber das wird Clemens mir büßen.«

Auf ihrem Weg kam ihr immer wieder der Gedanke, ob es nicht vielleicht besser war, Clemens ziehen zu lassen. Eigentlich hatte er wirklich nie in einen Stall gehört. Er war immer anders gewesen als sie selbst, seine Liebe zur Musik, sein Hang zu schönen Dingen, das alles war Liesbeth fremd, obwohl sie doch Geschwister waren. Aber sie sahen sich ja auch nicht mal ähnlich. Clemens mit den großen Augen im schmalen Gesicht und den wulstigen Lippen. Nichts davon fand sich in ihrem eigenen Gesicht wieder. Gar nichts. Schwer zu glauben, dass sie die gleichen Eltern hatten. Eigentlich gar nicht zu glauben.

Liesbeth wurde immer langsamer, je mehr sie ins Grübeln kam. Da dämmerte ihr, dass sie den Grund für die Großzügigkeit des Kurfürsten vielleicht doch schon kannte. Schon ihr ganzes Leben lang kannte. Auch die Angst Thedas, sie, Liesbeth, könnte sich in Schwierigkeiten bringen, ließ sich ganz einfach erklären. Theda fürchtete, das Liesbeth denselben Fehler wie sie selbst machen könnte.

Liesbeths Gefühle schwankten zwischen Empörung und Belustigung, doch eines erkannte sie in diesem Augenblick ganz klar: Wenn sie es jemals wagen sollte, ihre Eltern auf diesen Verdacht anzusprechen, würde sie sich eine schallende Ohrfeige einhandeln. Möglicherweise konnte sie Hilda dazu ein paar Fragen stellen.

In der Schänke zum Grünen Jäger herrschte in den Abendstunden reger Betrieb. Bauern, Krämer und Knechte fanden sich gleichermaßen in dem

rauchgeschwängerten Kellergewölbe ein. Sie standen und saßen in kleinen Grüppchen zusammen. Während sie einander das Neuste und Allerneuste berichteten, hielten sie ihre Bierhumpen in die Höhe und prosteten einander zu.

An einem der hinteren Tische saß Hilda im Schein einer Kerze. Seit Theda vor Stunden gegangen war, hielt sie sich an ein und demselben Bier fest und versuchte, die Neuigkeiten zu verarbeiten.

Sie erinnerte sich noch gut an die junge schwangere Theda, die für eine Weile mit ihnen zusammen in ihrem Zigeunerwagen gelebt hatte. Damals war Hilda noch ein kleines Mädchen gewesen, das zusammen mit ihren anderen Geschwistern auf dem Seil tanzte und andere kleine Kunststücke zur Belustigung der Marktbesucher vollführte. Jahrelang war sie mit ihrem Vater Viggo und ihren zahlreichen Geschwistern durch die Lande gezogen, bevor die Familie mit Viggos Tod auseinanderbrach und sich in alle Winde verstreute.

Sie erinnerte sich an die Zeit mit Theda und die Freude, als es hieß, dass Theda und Milan heiraten und sesshaft werden würden. Und sie erinnerte sich an die bittere Enttäuschung, als Milan in einer Regennacht zu ihrem Lager kam, um seinem Vater und seinen Geschwistern für immer Lebewohl zu sagen, weil seine junge Frau keine Zigeuner auf ihrem Hof haben wollte, auch nicht für kurze Zeit.

Hilda war vor den Kopf gestoßen. Sie hatten Theda aufgenommen, hatten ihr wohl durch die schwerste Zeit ihres Lebens geholfen, die Suppe mit ihr geteilt und jetzt waren sie plötzlich nicht mehr gut genug für die frisch gebackene Bauersfrau?

Viggo hatte nie wieder über die beiden gesprochen und einfach weitergemacht wie zuvor, doch Jasmin, nach Milan die Älteste, hatte es schwer getroffen. Sie hatte

Theda erst nach anfänglichem Zögern ihre Freundschaft geschenkt, die dann umso intensiver gewesen war. Hilda erinnerte sich an Jasmins Zorn, nachdem Milan zum letzten Mal bei ihnen gewesen war, an ihre Schreie und Flüche. Die große Schwester war in dem Glauben gestorben, dass ein eitles hochmütiges Weib aus Theda geworden war, der sie nichts mehr bedeutete.

Heute Abend sah nun alles anders aus. Hilda wusste nun Dank einer energischen Theda, die sich nicht von ihr hatte abschütteln lassen und die sie in diese Schänke eingeladen hatte, wie es sich damals wirklich zugetragen hatte.

Theda hatte nichts von Milans letztem Besuch bei Viggo und dessen Kindern gewusst, im Gegenteil. All die Jahre hatte sie sich im Stillen gewundert, warum sich nie ein Mitglied der Familie Sandrini bei ihnen sehen ließ.

Schließlich war sie zu dem Schluss gekommen, dass auf Seiten der Sandrinis kein Wunsch nach einem weiteren Kontakt zu ihr und Milan bestand. Theda hatte das Warten eingestellt und war aus allen Wolken gefallen, als sie Hilda an diesem Nachmittag erkannt hatte.

Konnte sie Milan das je verzeihen? Hilda wusste nicht, ob sie es konnte.

Da war einfach diese eine Frage, die immer an ihr nagte. Würden ihr Vater und ihre Geschwister noch leben, wenn sie die Chance gehabt hätten, wenigstens die Winter unter einem soliden Dach zu verbringen? Wenn Hunger, Krankheit und Verbrechen ihnen wenigstens zeitweise fern geblieben wären?

Nachdenklich drehte sie ihren Bierkrug auf der Tischplatte und wurde erst wieder auf ihre Mitmenschen aufmerksam, als Thedas Name am Schankbrett fiel.

»Eine Bestie, was für ein unglaublicher Blödsinn! Wer denkt sich denn so etwas aus? Hat nicht der Richter heute Theda Sandrini besucht? Warum sollte er das wohl tun,

94

wenn man andernorts nicht auch glauben würde, dass meine Mutter von einem höchst menschlichem Wesen ermordet wurde?«

Der Sprecher dieser Worte, ein hochgewachsener Mann mit breiten Schultern und eng stehenden Augen, sprach so laut, als müsse er nicht nur seine Zuhörer, sondern auch sich selbst überzeugen.

»Ich bin mir da nicht so sicher, Harms«, mischte sich nun ein altes Männlein in Arbeitskleidung ein.

»Neulich Nacht, da war ich noch spät unterwegs... Oben auf den Hügeln.«

Der Alte machte eine Pause und warf einen beschwörenden Blick in die Runde, als wolle er sich ihrer Aufmerksamkeit vergewissern. Er hatte sie, wie Hilda bemerkte.

»Wohl heimlich deine Wildererfallen kontrolliert, was?«, rief Bauer Harms und erntete beifälliges Gelächter der Umstehenden.

»Lacht ihr nur. Ich habe etwas gesehen. Etwas Großes, Lebendiges. Ganz in der Nähe deines Hauses stand es, Bauer Harms, und schien etwas zu wittern.«

»Und was war es, was du gesehen haben willst, alter Mann? Einen Wolf vielleicht?«

»Es war viel zu groß für einen Wolf, aber es hatte Ähnlichkeit mit einem.«

»So? Und was hat der Riesenwolf getan?«, höhnte Bauer Harms, doch Hilda schien es, als sei in seiner Stimme jetzt ein Hauch von Unsicherheit zu hören.

»Das weiß ich nicht, ich bin fortgelaufen, so schnell ich konnte. Wollte doch nicht riskieren, dass der Wind dem Viech meine Witterung zutreibt und ich als sein Abendessen ende.«

Am Gemurmel der Umstehenden konnte Hilda erkennen, wer dem Alten glaubte und wer ihn für schwachsinnig hielt. Erstere Gruppe schien deutlich

95

größer zu sein.

»Und ich sage euch, es war ein Mensch, der sich den Tod meiner Mutter aufs Gewissen geladen hat. Bestien gibt es nicht. Weiß gar nicht, wo dieser Blödsinn so plötzlich herkommt«, rief nun wieder der Bauer in die Runde.

»Die Witwe Hufnagel hat es im Haus des Doktors aufgeschnappt. Der Doktor selbst erzählte jemandem von einer Bestie, die aus dem fernen Frankreich zu uns gekommen sein soll. Na, was sagst du nun, Harms? Hältst du unseren klugen Doktor auch für einen Spinner?«

»Ich bleibe dabei, dass der Richter gut daran täte, sich die Sandrini noch einmal vorzuknöpfen! Schließlich wissen wir doch gar nicht, woher sie stammen, sie und ihr kranker Mann. Warum hat ausgerechnet sie damals von höchster Stelle den Hof zur Bewirtschaftung bekommen! Seltsame Leute sind die Sandrinis, so seltsam wie ihr Name. Wer weiß schon, was für Sitten herrschen dort, wo sie herkommen! Vielleicht ist man an diesem Ort schnell mit dem Messer zur Hand!«

In Hilda wuchs der Wunsch, dem Bauern Harms die Faust ins Gesicht zu rammen, doch sie umklammerte fest ihren Bierkrug und biss sich auf die Lippen. Noch eine ganze Weile diskutierten die Männer am Schankbrett über eine mögliche Bestie oder einen Mörder in ihrer Mitte.

Schließlich hörte Hilda den Bauern Harms sagen: »Ich gehe jetzt zum Doktor und lese ihm die Leviten. Wie kann er nur einen solch haarsträubenden Unsinn hier verbreiten?«

Ein Bierkrug wurde donnernd aufs Brett gestellt und als der Bauer seine Wolljacke vom Haken neben der Tür nahm, war auch Hilda auf den Beinen. Sie folgte wie so oft ihrem Instinkt und der sagte ihr, dass sie gut daran täte dem Bauern zu folgen.

Kapitel 9

Kalt und verfroren fand sich Liesbeth bald darauf vor der Tür des Doktorenhauses wieder. Erneut brannte dort zu später Stunde noch eine Kerze hinter den hohen Fenstern und sandte einen schwachen Schein durch die Ritze des Fensterladens. Mit klammen Fingern griff Liesbeth nach dem Türklopfer und ließ ihn auf das Holz fallen. Dumpf hallte es nach. Schon hörte Liesbeth Schritte hinter der Tür. Brauchte die Witwe Hufnagel denn gar keinen Schlaf? Wartete sie tags und nachts auf hilfsbedürftige Patienten?

Die Stimme der alten Frau drang bis zu Liesbeth.

»Wer da?«

»Ich schon wieder, Frau Hufnagel! Die Liesbeth!« Augenblicklich öffnete sich die Tür und eine kräftige, kleine Hand zog Liesbeth durch den Spalt ins Trockene.

»Sind sie denn verrückt geworden, die Sandrinis? Ein armes, wehrloses Mädchen in diesen Zeiten nachts auf die Straße zu schicken!«

»Von was für Zeiten sprechen Sie denn?«

»Das wirst du doch selbst am besten wissen. Und nun sag, was los ist. Ist es wieder dein armer Vater? Wenn das so weiter geht, wird er Weihnachten wohl nicht mehr erleben.«

»Nein, es geht nicht um meinen Vater. Darf ich bitte zu Doktor Gründig? Es ist wichtig.«

Die Alte lächelte plötzlich wissend.

»Ja, freilich ist es wichtig. Das merkt man ihm an, genauso wie dir. Er sitzt in der Stube und starrt ins Feuer. Geh schon hinein, gleich die erste Tür hier. Er wird sich sicher freuen, dich so schnell wieder zu sehen. Auch wenn die Zeit ungewöhnlich sein mag.«

Noch ehe Liesbeth eine Frage zu dieser doch seltsamen Bemerkung der Witwe stellen konnte, wurde sie von der Witwe Hufnagel nach kurzem Anklopfen auch schon weitergeschoben. Sie stand nun in einen wenig möblierten Raum ohne Bilder und jeglichen Zierrat, in dem ein lustig knisterndes Feuer im Kamin brannte. Vor dem Kamin saß, im einzigen Sessel des Raumes, Albert Gründig. Bei Liesbeths Erscheinen sprang er augenblicklich auf die Füße.

»Da bist du ja wieder! Und dass um diese Zeit! Das kann doch nur heißen, dass du genauso fühlst, wie ich, nicht wahr?«

Er machte ein paar Schritte auf die völlig überrumpelte Liesbeth zu und legte ihr die Hände auf die Schultern.

»Fühle? Was? Ich?«

»Ach Liesbeth, es tut mir so leid, dass ich ernsthaft von einem so klugen Mädchen wie du es bist erwartet habe, dass es an das Märchen einer gefährlichen Bestie glaubt. Auch wenn es sicher mehr Dinge zwischen Himmel und Erde gibt, als wir uns träumen lassen, das solltest du nicht vergessen, Liesbeth!«

»Klug? Ich?«

»Natürlich du! So klug, so neugierig und so furchtlos! Ich habe es ja schon lange geahnt, Liesbeth, du bist die Richtige für mich! Mit dir kann ich über alles reden! Meine Arbeit, die Medizin und ihre immer neuen Errungenschaften! Meine Patienten! Du wirst mir meine Gefährtin sein, kannst mich bei meiner Arbeit unterstützen. Von einer Frau wie dir an meiner Seite habe ich immer geträumt Liesbeth, aber kaum zu hoffen gewagt, dass es dich gibt!«

»Ich...«

»Die meisten Mädchen haben furchtbare Angst, wenn es um Krankheiten und Wissenschaft geht. Sie fürchten die Ansteckung oder einen Fluch oder sonst etwas.

Sie fürchten das Antlitz der Toten! Wie viele Mädchen hätten furchtlos neben mir im Wald gestanden, eine verstümmelte Leiche zu den Füßen?«

»Ich...«

»Ja, du! Und wie viele Mädchen hätten einen Keller betreten, in dem eben jene Leiche untersucht wird, hätten sich noch von einem Mann anfassen lassen, dessen Finger noch eben auf der Leiche lagen?«

»Aber...«

»Und furchtlos läufst du Mitten in der Nacht zum Fluss hinunter und dann rettest du durch deinen selbstlosen Einsatz noch einer armen Frau und ihren elenden Kindern das Leben! Liesbeth! Glaubst du, ich hätte ein anderes Mädchen als dich gefragt, ob es mir eine Hilfe sein will bei der Pflege der Kranken? Glaubst du, ich wollte ein anderes Mädchen als dich an meiner Seite haben? Vielleicht eines, dass sich nur für hübsche Kleider und Möbel interessiert? Obwohl es hier im Haushalt schon einiges zu verbessern gibt, aber das sind ja nicht die Dinge auf die es ankommt, nicht wahr Liesbeth? Auf die Menschen kommt es an! Und auf die Wissenschaft, die uns voranbringen kann!

»Albert...«

»Die Wissenschaft kann Menschen retten, nicht das Gebet und du weißt das natürlich längst und da komme ich dir mit einer haarsträubenden Gruselgeschichte aus dem fernen Frankreich! Kein Wunder, dass du da wütend werden musstest!«

»Albert!«

»Natürlich werde ich deine Eltern offiziell um deine Hand bitten. Auch, wenn du wirklich noch sehr jung bist. Aber du bist die Frau an meiner Seite, das spüre ich Liesbeth. Gemeinsam können wir so viel erreichen!«

»Albert!« Liesbeth wurde nun etwas lauter.

Endlich schwieg er für einen Moment und sah die

Überraschung in ihren Augen und leider auch ihre Ungeduld.

Eine leichte Röte stieg ihm ins Gesicht, als ihm klar wurde, wie sehr er Liesbeth mit seinem Gefühlsausbruch überrumpelt haben musste. Er räusperte sich verlegen.

»Du bist gar nicht meinetwegen hier? Ist etwas geschehen? Geht es um deinen Vater?«

»Nein, Vater geht es gut. Es ist Clemens. Er ist weggelaufen. Er will nach Wien. Und glaub mir, wenn meine Mutter Clemens verliert, dann lässt sie mich auf Jahre nicht gehen! Dann werde ich niemanden heiraten, dich nicht und auch sonst keinen, denn irgendwer muss ja schließlich auf dem Hof arbeiten, nicht wahr?«

Für einen Moment wirkte Albert Gründig verwirrt.

»Wien? Warum denn Wien?«

»Das ist doch ganz egal, einfangen musst du ihn! Setz ihm nach, mit deinem Wagen! Wir haben keinen! Und ob ich deine Frau werden will? Das war es doch, was du mich eigentlich fragen wolltest, oder? Ach Albert, davon träume ich doch schon so lange! Natürlich will ich! Was kann ich mir mehr erhoffen?«

Beherzt nahm Albert ihr kleines Gesicht in seine Hände und küsste sie auf den Mund. Liesbeth war, als würde die Zeit still stehen. Dies war der Moment, den sie sich erträumt hatte! Und es sollte ihr gutes Recht sein, ihn zu genießen, doch stattdessen war es Zeit aufzubrechen.

»Ich fahre gleich los. Unterwegs setze ich dich bei deinem Elternhaus ab, doch verrate dort noch nichts von unseren Plänen, ja? Sobald ich den Clemens eingefangen habe, bitte ich bei deinen Eltern um deine Hand.«

»Wenn du Clemens dabei hast, werden sie dir diese Bitte wohl kaum abschlagen.«

»Wie lange ist er fort?«

»Es können Stunden sein.«

»Ich werde ihn finden, Liesbeth, Ich schwöre es dir.«

100

Noch einmal küsste er sie kräftig auf die Lippen, dann griff er nach ihrer Hand und zog sie hinter sich her, während er aus der Stube stürzte.

Auf dem Bock des Wagens, der durch die Nacht rumpelte, saß Liesbeth ganz eng an Albert geschmiegt und versuchte, glücklich zu sein. Sie hätte glücklich sein müssen! Der Mann, den sie jetzt schon seit geraumer Zeit anhimmelte, wollte sie heiraten! Sie! Ein Bauernmädchen aus einfachsten Verhältnissen! Sie würde eine Arztfrau sein, in einem schönen Heim leben, das sie selbst gestalten würde. Sie würde Kinder haben und zur Teezeit Damen aus der feinen Gesellschaft empfangen.

Gut, letztere gab es im Dorf irgendwie nicht, aber das würde sich finden lassen.

Der Wagen rumpelte durch ein Schlagloch und Liesbeth erwachte aus ihren Träumen. Sie sah zu Albert hinüber, der im Licht der Laterne, die er an den Kutschbock gesteckt hatte, zufrieden vor sich hin starrte.

Und da war es wieder. Dieses ungute Gefühl in der Magengegend, dass sie hatte seit Albert ihr seine Liebe gestanden hatte. War es überhaupt Liebe, was er für sie empfand? Er hielt sie für die perfekte Frau für sich, aber aus welchen Motiven?

Er hielt sie für mutig, für eine Frau, die gern an seiner Seite Abszesse ausdrückte und Erbrochenes wegräumte. Er hielt sie für eine Frau, die sich für Wissenschaften interessierte und die keine Angst vor toten Körpern im Keller hatte. Doch dummerweise waren all diese Annahmen falsch und Liesbeth zerbrach sich den Kopf darüber, wie es dazu hatte kommen können. Hildas Weissagung fiel ihr ein. Dies war der Wendepunkt in ihrem Leben und wenn sie glücklich werden wollte,

101

musste sie jetzt sehr umsichtig sein!

Hatte sie ihm etwas vorgemacht? Irgendwie ja und auch wieder nicht, sie war in diese Rolle hineingerutscht, die nicht die ihre war oder die sie zumindest nicht spielen wollte.

Albert tastete nach ihrer Hand und drückte sie kurz, ohne den Blick vom Weg abzuwenden. Er lächelte noch immer. Er war glücklich.

Doch sie, sie gestand es sich endlich ein, war es nicht. Der Mann, von dem sie geliebt werden wollte, tat es, doch leider aus den falschen Gründen! Würde er sie noch immer wollen, wenn sie ihm sagte, dass sie lieber auf dem Sofa sitzen und Kinder auf den Knien schaukeln würde, als mit ihm die Unbekannten der medizinischen Wissenschaft zu erforschen? Konnte sie es überhaupt riskieren, ihm die Wahrheit zu sagen, ihn auf seine falschen Schlussfolgerungen bezüglich ihres Charakters hinzuweisen?

»Woran denkst du, mein Liebling?«

»An Clemens.« Die erste Lüge, die sie ihm wissentlich erzählte. Wie viele würden es im Laufe ihres gemeinsamen Lebens wohl werden? Wieder dachte sie an Hildas Prophezeiung, die sie jetzt erst verstand.

Ihr Eheglück hing entscheidend davon ab, dass sie unter den richtigen Voraussetzungen geheiratet würde. Und Schweigen und Lüge waren ihre Feinde. Demnach musste sie Albert reinen Wein einschenken. Aber wie konnte sie das?

»Jetzt auf jeden Fall nicht«, flüsterte sie unbewusst.

»Was hast du gesagt, Liebste«

»Nichts. Gar nichts.« Die zweite Lüge. Das ging schnell. Sie würde ihr Leben im Beichtstuhl zubringen müssen, wenn sie nicht den Mut fand, ihm zu sagen, dass sie all die Dinge in den letzten Tagen nur getan hatte, weil sie getan werden mussten, nicht, weil sie sie gerne

102

tat. Sie musste ihm sagen, dass sie sich andere Dinge für ihr Leben wünschte, dass sie teures Porzellan einem guten Lehrbuch jederzeit vorzog. Er musste dies wissen oder jedes seiner Weihnachtsgeschenke für sie würde ein Desaster sein!

»Mit wem hast du eigentlich über meine Vermutung mit der Bestie gesprochen?«, fragte er sie unvermittelt.

Erstaunt blickte sie auf.

»Mit niemandem. Dafür war gar keine Zeit.«

Doch dann fiel es ihr ein.

»Außer mit... meiner Tante.«

Keine Lüge. Nur eine ungenaue Antwort. Was würde Albert Gründig dazu sagen, wenn er von ihren Wurzeln erfuhr? War sie dann überhaupt noch standesgemäß für einen jungen Arzt?

»Scheint ein klatschsüchtiges Weib zu sein, deine Tante. Kurz bevor du zu mir kamst, stand Bauer Harms auf meiner Türschwelle und bestand darauf, dass seine Mutter keinesfalls das Opfer einer Bestie sein könne. Lieber wolle er an einen Mord glauben. Komischer Kerl.«

»Hm«

Liesbeth krauste die Stirn. Bis vor einem Augenblick hatte sie sich Hilda nicht als klatschendes Weib vorstellen können. Doch wie sonst konnte sich die Theorie von der Bestie so schnell verbreitet haben?

Liesbeth fuhr erneut aus ihren Gedanken hoch, als der Wagen plötzlich hielt.

»Du bist daheim, Liebling.«

Schon? Liesbeth sah sich um und entdeckte zwischen zwei kahlen Buchen tatsächlich den Weg zum Hof der Sandrinis.

»Hoffe, dass ich deinen Bruder bald finde. Umso schneller bin ich wieder bei dir und umso schneller kann ich deine Eltern um deine Hand bitten.«

Er umarmte sie und drückte sie an sich. Sie konnte

sein uneingeschränktes Glück fühlen und fühlte eine nie gekannte Schwere in ihrer Brust. Sie liebte ihn, doch warum musste es so schwierig sein?

»Lauf jetzt. Ich muss deinen kindsköpfigen Bruder verfolgen.«

Er ließ sie los und sie kletterte gehorsam vom Kutschbock. Noch einmal winkten sie einander zu, dann fuhr der Wagen an und der Schecke zockelte weiter in die Dunkelheit. Liesbeth blickte ihnen nach und sah, wie das Licht der Laterne kleiner und kleiner wurde.

Fröstelnd zog sie sich ihr Schultertuch zurecht. Jetzt schnell heim in die warme Küche. Vielleicht hatte ihre Mutter eine Tasse Tee für sie.

Liesbeth wandte sich dem Hof zu. Heute Nacht brannte auch dort noch spät eine Kerze. Ja, wenn es um Clemens ging, dann opferte Theda auch schon mal ein teures Kerzenlicht.

Neben Liesbeth knackte es plötzlich in der Dunkelheit. Erschrocken blieb sie stehen. War sie nicht allein? Den Atem anhaltend, spähte Liesbeth in die Dunkelheit. Irgendwo nahe der Eiche musste das Geräusch hergekommen sein. Doch wer sollte wohl hier im Dunkeln stehen? Ein Fremder, der ausgerechnet ihr auflauern wollte? Unwahrscheinlich! Ein Fremder, der irgendwem auflauern wollte, konnte abseits des Hauptweges aber lange warten.

Oder war es ein Tier? Ein großes Tier? Liesbeth schwand der Mut, ihre Knie begannen zu zittern, ihr Mund wurde trocken und sie verspürte Übelkeit. Wenn es nun eine wilde Bestie war, die dort unter der Buche lauerte? Vor einem bösen Menschen hätte sie noch davonlaufen können, aber vor einem blutrünstigen Tier?

»Huhu, kleine Liesbeth. Weiß deine Mutter, dass der Doktor dich Liebling nennt?«

Als Liesbeth die spöttische Stimme Hildas erkannte, verwandelte sich ihre Angst augenblicklich in Zorn.

»Was zum Teufel machst du hier mitten in der Nacht? Du hast mich zu Tode erschreckt!«

Hilda lachte und trat aus dem Dunkel heraus neben Liesbeth auf den Weg. Im Mondschein sah sie wunderschön und wild aus.

»Das war meine Absicht, wenn auch nicht der Grund meines Hierseins. Genau genommen, hast du wirklich gar nichts damit zu tun. Es geht mir eher um Theda.«

»Um meine Mutter? Um diese Zeit?«

»Zeit interessiert mich nicht.«

»Andere Menschen aber schon. Nächtliche Besuche sind sehr ungewöhnlich.«

»Das sagt mir die Richtige. Aber wir zwei haben jetzt etwas zusammen vor. Du kannst mir vielleicht behilflich sein. Weißt du, wohin der Pfad dort drüben führt, der gegenüber der Straße zwischen den Büschen verschwindet?«

Hilda deutete mit dem Finger auf eine Lücke im Dickicht hinter Liesbeth. Diese erschauerte.

»Das ist eine Abkürzung, der Waldweg, den ich mit Albert herunterkam und auf dem wir die tote Hedda Harms fanden. Weiter oben liegen in den bewaldeten Hügeln ein paar vereinzelte Höfe.«

»Dann komm.«

Hilda griff nach Liesbeths Arm und zog sie mit sich in Richtung des Waldwegs.

»Vier Augen sehen mehr als zwei.«

»Was wollen wir denn da oben mitten in der Nacht sehen?«, rief Liesbeth und versuchte, sich aus Hildas Griff zu befreien.

»Das weiß ich leider auch noch nicht«, zischte diese

ihr zu. »Hilfreich wäre es aber, wenn du nicht so herumschreien würdest. Er muss noch in der Nähe sein. Kurz bevor ich euch näher kommen hörte, hat er sich dort drüben in die Büsche geschlagen. Weit ist er bestimmt noch nicht gekommen.«

»Wer?«

»Bernd Harms. Der Mann, der sich heute Abend in der Schänke redliche Mühe gegeben hat, kein gutes Haar an deiner Mutter zu lassen und ihr den Mord an seiner Mutter mit einer Energie untergeschoben hat, die an Besessenheit grenzt.«

»Wie bitte?«

»Du hast ganz richtig gehört. Und deswegen will ich ihm nach. Ich möchte zu gerne wissen, was der Mann sich davon verspricht, wenn deine Mutter des Mordes beschuldigt wird. Ich bin ihm nach, als er die Schänke verlassen hat und wollte ihm auch gerade in den Wald hinein folgen, als ich einen Wagen hinter mir hörte. Da ich nicht wusste, wer sich so spät, außer mir und diesem seltsamen Mann, hier draußen herumtreibt, habe ich mich versteckt. Und was muss ich da sehen? Meine Nichte neben dem Doktor auf dem Kutschbock, der sie Liebling nennt.«

Während dieser Worte hatte Hilda Liesbeth hinter sich her in den Wald gezerrt.

Der Weg wand sich im Dunkel den Hügel hinauf und man hätte ihn wohl nicht gesehen, wenn der Mond nicht sein kaltes Licht durch die kahlen Baumkronen geworfen hätte. Liesbeth spähte nach vorn. Lief dort oben vor ihnen etwa eine Gestalt? Auch Hilda hatte sie gesehen und machte eine Bewegung mit ihrem Kopf in ihre Richtung.

»Und wenn schon«, flüsterte Liesbeth, »dieser Weg führt auch am Harmschen Hof vorbei. Wahrscheinlich will er einfach nur nach Hause.«

106

»Dagegen habe ich ja auch gar nichts. Ich finde es eben verdächtig, wie vehement er den anderen Gästen in der Schänke Theda als Mörderin verkaufen wollte.«

»Das verstehe ich auch nicht. Wir kennen den Bauern Harms kaum. Er lässt sich nur selten in der Kirche blicken.«

»Siehst du? Genau deswegen lassen wir diesen Bernd Harms jetzt nicht mehr aus den Augen. Irgendwann wird er uns etwas verraten.«

»Ich muss aber nach Hause!«

»Musst du gar nicht. Ich habe jedes Wort gehört. Der Doktor sucht deinen Bruder. Wenn du jetzt nicht heimkommst, wird Theda dich an seiner Seite vermuten. Obwohl dies ein gefährlicher Platz zu sein scheint, nach allem, was ich so mitbekommen habe.«

Liesbeth musste Hilda Recht geben. Ihre Mutter würde sie nicht vermissen. Jetzt noch nicht. Doch Liesbeth versprach sich rein gar nichts davon, an Hildas Seite dem Bauern Harms durch den nächtlichen Wald zu folgen.

»Dann muss ich eben nicht nach Hause, sondern will nach Hause. Lass mich endlich los.«

Hilda blieb abrupt stehen und packte Liesbeth bei den Schultern.

»Jahrelang habe ich geglaubt, deine Mutter sei eine gemeine und eigennützige Frau, die mich und die Meinen von unserem Milan fernhält, nur weil wir ihr nicht fein genug sind. Heute habe ich endlich die Wahrheit erfahren und jetzt mache ich alles wieder gut und werde auch nicht zulassen, dass andere schlecht von ihr sprechen. Schon gar nicht dieser Harms.«

Liesbeth sah die wilde Entschlossenheit in Hildas Augen und war schon fast bereit sich zu fügen.

»Hast du deswegen das Gerücht von der Bestie im Dorf verbreitet? Um Mutter zu entlasten?«

Hilda runzelte die Stirn.

»Das war doch nicht ich. Das war die Witwe Hufnagel, dieses tratschsüchtige Weib. Die trägt alles aus dem Doktorenhaus hinaus, was ihr zu Ohren kommt. Wirf sie hinaus, wenn du erst seine Frau bist. Ihr zwei habt hoffentlich nicht bei ihm daheim geturtelt, sonst weiß es morgen schon das ganze Dorf.«

Liesbeth wurde augenblicklich blass vor Schreck, was Hilda ein fieses Kichern entlockte.

»Ach, Liesbeth. Du musst noch viel über die Menschen lernen.«

Kapitel 10

Immer weiter führte der Pfad durch den nächtlichen Wald. Hier und dort raschelte es verdächtig in den lichten Tannen, die diesen Teil der Hügel mehr schlecht als recht bedeckten. Auf dem Waldboden lag kaum Unterholz, er war mit feinen Tannennadeln bedeckt. Der Mond warf lange Schatten auf diesen eher kahlen Waldboden.

»Wenn sich uns hier eine Bestie nähert, sehen wir sie, lange bevor sie uns erreicht hat«, murmelte Hilda und schien damit sich selbst und Liesbeth Mut machen zu wollen.

»Aber nahe der Höfe stehen hauptsächlich Laubbäume. Da wird der Wald undurchdringlich und es wird noch dunkler auf dem Weg«, zischte Liesbeth ihr zu.

In der Ferne konnten sie noch immer die Gestalt des Bauern ausmachen der, ohne sich umzusehen, den Hügel hinaufstieg. Dann, plötzlich, war seine Silhouette verschwunden.

»Wo ist er hin?«, fragte Hilda überrascht.

»Abgebogen. Wir sind gleich auf seinem Hof, dort wo er sich gemütlich ins warme Bett kuscheln kann, während wir draußen in der Kälte stehen. Ich bitte dich Hilda, lass uns umkehren.«

»Noch nicht. Lass uns noch ein wenig bleiben.«

Hilda beschleunigte ihre Schritte und Liesbeth hielt mit so gut sie konnte. Bald erreichten auch sie die Stelle, wo der Bauer den Weg verlassen hatte und folgten ihm über eine von Pferdekarren zerfahrene Zufahrt bis zu einem großen Holztor.

»Sieh da. Der Bauer Harms hat sein Hab und Gut aber stark gesichert.«

»Der Zaun ist ganz neu. Ich habe ihn noch vor

kurzem daran arbeiten sehen, als ich seine kranke Mutter besuchte«, erwiderte Liesbeth und betrachtete ebenfalls das befremdliche Bollwerk aus Holz, welches sie vom Harmschen Hof fernhielt.

»Sehr hoch, dieser Zaun, findest du nicht auch? Was will der Bauer damit wohl draußen halten?«

Liesbeth erinnerte sich, dass sie sich beim Anblick des Zauns genau die gleiche Frage gestellt hatte.

»Dort drüben gibt es einen tief hängenden Ast. Da kommen wir rüber«, meinte Hilda.

Schon wurde Liesbeth, ungeachtet ihrer leisen Proteste, zu einer Linde geschleppt, die tatsächlich einen ihrer niedrigsten Äste bis über den Zaun hinaus streckte. Er sah stark genug aus, um zwei schlanke Frauen zu tragen.

»Muss das wirklich sein, Hilda?«

»Wirklich. Vertrau mir. Ich habe da so eine Ahnung und meine Ahnungen haben mich noch nie getrogen.«

»Na gut«, ergab sich Liesbeth ihrem Schicksal, »hoffentlich gibt es auch einen Weg zurück.«

Sich vom starken Ast der Linde herunterlassend, fanden sich Liesbeth und Hilda auf einer Schafsweide in unmittelbarer Nähe des Gehöfts wieder. Wie ein großer runder Käselaib hing der Mond über dem Hügel. Gleich, nachdem sie den Ast losgelassen und auf dem weichen Boden aufgekommen waren, entdeckten sie es. Gleichzeitig.

Oben, auf der Spitze des Hügels, inmitten der verwaisten Schafsweide stand es. Groß wie ein Pferdefohlen aber massiger. Den Kopf mit den aufgerichteten Ohren in ihre Richtung gedreht.

»Was zum Teufel ist das?«, entfuhr es Liesbeth.

»Die Lösung aller Rätsel«, erwiderte Hilda.

»Wie dumm von uns. Der Bauer Harms versucht gar nicht, etwas draußen zu halten. Er will es drinnen halten.«

Die fremde Kreatur spielte mit ihren aufgerichteten spitzen Ohren.

»Hört es uns?«

»Gut möglich. Ansonsten riecht es uns gewiss.«

Hilda drehte den Kopf nach oben und blickte zum Ast der Linde hinauf. Halbherzig sprang sie in die Höhe. Ihre Fingerspitzen kamen nicht einmal in die Nähe des Astes. »Schade. So kommen wir nicht zurück.«

Liesbeth spürte, wie Panik in ihr hochstieg. »Hilda! Was sollen wir denn jetzt nur tun? Dieses Ding hat gewiss die alte Harms zerrissen. Der Bauer hat genau gewusst, was den Tod seiner Mutter verursacht hat.«

»Und es war ihm gar nicht recht, dass ihm jemand dahinterkommt. Ich wette, er hat dieses Biest für die Jagd gezüchtet. Wozu soll es sonst gut sein? Sicher will er ihn und seine Nachkommen teuer an reiche Herren verkaufen. Doch nun hat das Tier gemordet. Ein sehr geschäftsschädigendes Verhalten. Kein Wunder, dass er den wahren Täter geheim hält und deine Mutter ihm als Verdächtige gerade recht kam.«

»Hilda!« Liesbeth trat instinktiv einen Schritt zurück. »Das Biest setzt sich in Bewegung. Es kommt genau auf uns zu! Hilda! Wo sollen wir denn jetzt hin?«

Hildas Kopf flog von links nach rechts, während Liesbeth die Kreatur aus der Hölle nicht einen Moment aus den Augen ließ.

»Dort drüben ist eine Scheune. Sie steht offen. Los, Liesbeth! Lauf um dein Leben!«

Im selben Moment, in dem Hilda losstürmte, verfiel auch das wolfsähnliche Wesen auf der Hügelkuppe in einen schnellen Trab. Liesbeth schrie auf und rannte ebenfalls los.

Die Scheune, ein kleines einstöckiges Gebäude, welches

nah am Zaun stand, erschien ihr unerreichbar weit fort.

»Lauf, Liesbeth! Lauf!«, hörte sie Hilda vor sich aufgeregt schreien.

Liesbeth rannte so schnell, wie nie zuvor in ihrem Leben. Hinter sich konnte sie das Stampfen galoppierender Pfoten auf dem Gras hören. Sie traute sich nicht den Kopf zu drehen, um zu sehen, wie nah ihr das Biest bereits war.

Sie rannte weiter, nur weiter. Vor ihr schien Hilda fast zu fliegen. Hilda erreichte das Tor der Scheune als erste, für Liesbeth waren es nur noch wenige Schritte. Sie konnte bereits den süßlich, faulen Atem der Bestie riechen.

Liesbeth warf sich nach vorn durch die Scheunentür, landete weich in schmutzigem Stroh und hörte, wie Hilda donnernd das Scheunentor zuschlug. Draußen erklang ein seltsamer Laut, ein dumpfes Grollen, das erst an- und dann wieder abschwoll. Die Kreatur knurrte.

Liesbeth setzte sich auf. In der Scheune war es dunkel. Doch über dem Tor stand eine Luke weit offen und ließ das silberne Mondlicht hinein. Durch einen Spalt am Boden der Scheunentür drang schwaches Licht ein. Hilda fiel auf die Knie und spähte durch den Spalt. Dann ließ sie sich auf den Boden nieder und lehnte sich mit dem Rücken gegen das Tor. Sie flüsterte leide

»Es steht direkt hinter diesen Brettern. Ich kann seine Pfoten sehen. Sie sind riesig. Aber durch das Tor hindurch brechen, kann es wohl nicht. Wir sind hier einstweilen sicher.«

»So sicher, wie in einem Gefängnis«, erwiderte Liesbeth und sah sich um.

Überall lag Stroh. Eine Holztreppe führte auf einen Heuboden hinauf. Sie schnüffelte. Ein strenger Geruch ging von dem Stroh aus, in dem sie saß.

»Hilda, ich glaube, das ist gar keine Scheune.«

Auch Hilda schnüffelte. Dann so leise, als hätte sie

112

Angst, die Bestie könnte sie hören.

»Nein, das ist keine Scheune. Das ist ein Stall. Und wenn ich mich nicht täusche, ist es das Heim der Bestie.«

Liesbeths Kehle entfloh ein Wimmern.

»Keine Angst. Wir kommen zwar nicht heraus, aber es kommt auch nicht herein. Es könnte schlimmer stehen.«

Sie blickte sich suchend in ihrem Gefängnis um.

»Wenn wir auf den Heuboden steigen, können wir durch die offene Luke über uns auf die Wiese hinausblicken.«

»Und was bringt uns das?«

»Wir können sehen, ob sich das Tier entfernt und auch, an welcher Stelle wir den Zaun am leichtesten wieder übersteigen können. Wenn das Biest dann fort ist, rennen wir dorthin und klettern zurück.«

»Auf gar keinen Fall. Wenn es uns bemerkt und wir nicht schnell genug sind, wird es uns zerreißen!«

»Psst! Nicht so laut. Wenn wir einfach hier sitzen bleiben, findet uns nicht nur die Bestie, sondern Bauer Harms. Und wer kann schon sagen, wie weit er bereit ist zu gehen, um sein Geheimnis zu schützen?«

Liesbeth erstarrte. »Du meinst, er… er würde…«

»Er könnte es zumindest. Schwupps wären zwei Frauen über Nacht verschwunden. In deinem Fall tragisch. Ich bin der Welt egal.«

Liesbeth fühlte sich kraft- und mutlos, doch Hildas Worte wirkten in ihr nach. Sie hatte recht. Sie mussten einen Weg finden.

»Also gut, steigen wir auf den Heuboden.«

Die Minuten verstrichen während Liesbeth und Hilda bäuchlings im Stroh lagen und durch die offene Luke auf die Wiese starrten. Tatsächlich entdeckte Hilda einen Baumstumpf, der nahe am Zaun stand und einen guten

Tritt abgeben würde.

»Es ist nicht weit bis dorthin. Das schaffen wir, wenn das Vieh sich nur weit genug fort bewegt und unsere Flucht nicht gleich entdeckt.«

Bald wurde es das Biest leid, vor dem Stalltor herumzustehen. Mit angehaltenem Atem beobachteten die beiden Frauen, wie sich das Tier langsam entfernte.

»Jetzt oder nie«, wisperte Hilda nach einer Weile.

Sie sprangen auf die Füße und stürzten die Treppe hinunter bis zum Tor. Gerade als Liesbeth den Riegel des Tores heben wollte, sank Hilda noch einmal auf den Boden und spähte wieder durch den Spalt.

»Stopp!«

Liesbeth ließ den Riegel zurück sinken und starrte die unter ihr kauernde Hilda an.

»Es ist wieder da«, fluchte Hilda. »Seine Pfoten stehen direkt vor der dem Tor.«

»Wie ist das möglich?«, gab Liesbeth kaum hörbar von sich. Mutlos lehnte sie sich an das kalte Holz.

Zur gleichen Zeit rumpelte der Wagen des Doktors auf den Hof der Sandrinis. Neben ihm auf dem Kutschbock saß ein äußerst kleinlauter Clemens, der sich seit geraumer Zeit eine gewaltige Standpauke anhören durfte.

»Selbst wenn du es bis nach Wien oder Eisenstadt geschafft hättest, was ich bezweifle in Anbetracht deiner finanziellen Lage, glaube ich nicht, dass man dich dort zum Kapellmeister vorgelassen hätte. So ganz ohne Referenzen wärst du noch am Tor abgefangen worden.

»Ich kann aber kein Bauer werden«, stöhnte Clemens und blickte widerwillig auf all das, das einmal ihm gehören sollte. Das Haus, die Stallungen...

»Das hier ist mein Gefängnis und zwar für den Rest

meines Lebens!«

Albert Gründig tätschelte dem jungen Mann die Schulter.

»So schlimm muss es ja nicht kommen. Sprich mit dem Pfarrer, Clemens. Es wird sich ein Weg für dich finden lassen. Um Kirchenmusiker zu werden, muss man nicht gleich das Land verlassen.«

Die Tür flog auf und eine sehr erleichtert wirkende Theda rannte auf den Wagen zu.

»Dem Himmel sei Dank, dass ich dich wiederhabe!«

Clemens schien keine Zeit mit Floskeln verschwenden zu wollen.

»Mutter! Ich werde auf gar keinen Fall ein Bauer!«

Ein milder Ausdruck erschien jetzt in Thedas Gesicht, wie Gründig ihn nie zuvor gesehen hatte.

»Das musst du doch auch gar nicht. Ich werde mit deinem Vater sprechen. Es wird sich ein Weg finden lassen.«

Bei diesen Worten zog sie einen Messingknauf aus der Schürze und drehte ihn versonnen in den Händen.

»Mein Vater! Was soll der schon tun können? Der kann nicht einmal sich selbst helfen!«

»Der Milan wohl nicht, nein. Doch von dem redet ja auch keiner«, erwiderte Theda.

»Mutter?«

Clemens Gesicht spiegelte eher Interesse als Überraschung wieder, doch Theda ließ den Knauf in der Schürze verschwinden und setzte eine trotzige Miene auf. Sie blickte die beiden Männer an. »Wo ist eigentlich Liesbeth?«

»Liesbeth?«, echote Gründig und ihm war, als würde eine eiskalte Hand nach seinem Herzen greifen.

Es verging kaum eine Stunde, da zogen die ersten Freiwilligen, mit Laternen, Prügeln und Flinten ausgestattet, durch die nähere Umgebung des Hofes Sandrini. Ihnen allen war bekannt, dass das Mädchen zuletzt direkt vor dem Hof gesehen worden war, denselben aber nie erreicht hatte. Albert, von Sorgen zerfressener und ein sehr schuldbewusster Clemens Sandrini führten einen der Suchtrupps an, doch sie fanden keine Spur von Liesbeth.

Schließlich schlug jemand vor, man solle den Pfad in den Wald hinauf einmal versuchen. Nicht zuletzt deswegen, weil dort schon ein Verbrechen verübt worden sei. Vielleicht, und die Möglichkeit ließe sich ja nicht ausschließen, habe es am selben Ort ein weiteres gegeben.

Auch Gründig war dieser Gedanke längst gekommen, doch für eine Weile hatte er ihn tapfer verdrängen können. Jetzt aber schritt er in Begleitung sechs weiterer Männer den Hügel hinauf und betete, sie würden nicht wieder einen toten Körper auf dem Pfad finden.

Tatsächlich passierten sie die Stelle, an der Hedda Harms Überreste gelegen hatten ohne, dass sie etwas fanden. Laut rufend näherte man sich nun dem Hof des Bauern Harms, dessen Grund durch einen neuen hohen Zaun geschützt wurde.

Wieder und wieder rief Albert verzweifelt Liesbeths Namen. Doch plötzlich vernahm er eine Antwort. Sie schien von irgendwo hinter dem Zaun zu kommen.

»Sie suchen dich, Liesbeth! Sie sind schon ganz nah!«
»Hilfe ist unterwegs! Wie wunderbar!«

Liesbeth klatschte in die Hände und hielt plötzlich zweifelnd inne.

»Aber wenn wir hier im Stall rufen, wird man uns nicht hören! Wir müssen raus!«

Hilda nickte zustimmend, griff dann nach Liesbeths Schulter. »Sieh nur. Unser Freund entfernt sich wieder vom Stalltor. Die Stimmen scheinen ihn neugierig zu machen.«

»Und sobald wir unten vor dem Tor stehen ist er wieder da. Wie die letzten Male«, erwiderte Liesbeth und schlug mit der Faust ins Heu.

Sie lagen immer noch bäuchlings auf dem Heuboden und starrten auf die Schafsweide hinunter.

»Denken, Liesbeth, auch wenn es dir manchmal schwer fällt, wir müssen jetzt denken. Warum kam das Biest jedes Mal zurück, sobald wir uns dem Tor näherten?«

»Es ist doch ein Wesen aus der Hölle mit teuflischen Fähigkeiten?«

Hilda rollte mit den Augen und hielt plötzlich inne.

»Ich weiß, was wir falsch gemacht haben.«

»Ach ja?«

»Ja. Wir sind wie die wilde Meute die Holztreppe herunter geschossen, und haben es damit zurück gelockt. Dieses Mal steigen wir ganz leise herab.«

»Wann?«

Hilda spähte hinaus. »Genau jetzt.«

Liesbeth konnte die Stimmen der Männer hören, die draußen ihren Namen riefen. Wenn sie erst hier heraus wäre, würden sie ihre Antwort hören können.

Unten vor dem Tor ließ Hilda sich zunächst geräuschlos auf die Knie nieder und spähte unter ihm hindurch. Als sie zu Liesbeth aufsah, grinste sie breit und Liesbeth verstand. Es hatte funktioniert. Vor dem Tor waren keine Pfoten zu sehen.

Leise hob Liesbeth den schweren Riegel an und sah

117

hinaus auf die Wiese. Das Biest hatte sich weit von ihnen entfernt und das Spiel seiner Ohren verriet, dass es sich mit den Stimmen auf der anderen Seite des Zaunes beschäftigte.

»Jetzt«, zischte Hilda hinter ihr.

Liesbeth vergaß alle Vorsicht und rannte los. Hinter sich hörte sie Hilda, die nur Sekunden später auf gleicher Höhe mit ihr war. Das Biest drehte den Kopf zu ihnen herum.

»Albert! Albert!«

Liesbeth schrie und rannte gleichzeitig. Sie sah, wie das Monster sich in Bewegung setzte. Es hielt geradewegs auf sie und Hilda zu.

»Albert!«

Sie rannten weiter. Vor ihnen sprang das Tier heran und der Zaun mit seinem Baumstumpf davor erschien ihnen noch so weit entfernt.

Da donnerte ein Schuss durch die Stille der Nacht und dann ein zweiter. Ein Schrei folgte dem ohrenbetäubenden Knall.

Als Albert ihre Stimme vernahm, schloss er für einen Moment vor Glück die Augen. Doch nur für einen Augenblick. Denn schon hörte er die Panik heraus. Jetzt war er sich ganz sicher, dass Liesbeth sich jenseits des Zaunes, irgendwo auf dem Grundstück des Bauern Harms, befand. Er sah sich nach einer Möglichkeit um, über den Zaun zu spähen. Schon stellte sich einer seiner Begleiter an den Zaun flocht die Finger ineinander. Dankbar stellte der Doktor seinen Fuß hinein und zog sich hoch.

Im Mondlicht sah er einen Hund oder etwas Ähnliches von gewaltiger Größe, der jetzt mit riesigen Sätzen auf

zwei rennende Frauen zusprang. In einer erkannte er Liesbeth.

»Nein! Liesbeth!«

Plötzlich tauchte neben ihm ein Bauernjunge am Rande des Zaunes auf, der sofort die Flinte hochriss, zielte und abdrückte. Noch immer sprang die Bestie auf die fliehenden Frauen zu. Albert, der kein Gewehr bei sich trug, zog sich auf den Zaun hinauf und sprang in die dahinter liegende Tiefe. Ein Knacken und der darauf folgende Schmerz machten ihm klar, dass er sich soeben den Fuß verletzt hatte. Ungeachtet des Schmerzes humpelte er los, Liesbeth entgegen. Über ihm krachte ein zweiter Schuss und das Tier brach zuckend zusammen. Albert rannte weiter, immer auf Liesbeth zu, die jetzt zu weinen begonnen hatte und ihren Schritt verlangsamte. Neben ihr erkannte Albert die Frau namens Hilda, die nach Luft rang und sich die Seiten hielt. Hinter ihm schrie jemand.

»Brutus! Oh nein! Was habt ihr getan?«

Im selben Moment warf Liesbeth sich in Alberts Arme und hielt sich an ihm fest. Er vergrub sein Gesicht in ihrem Haar und atmete ihren Duft ein. Seine Liesbeth. Erst Sekunden später drehte er den Kopf in die Richtung, aus der der Schrei gekommen war.

Vom Haus her näherte sich jetzt eine große kompakte Gestalt dem Tierkadaver. Bernd Harms, das Gesicht von Schmerz und Verzweiflung verzerrt.

»Mein Brutus! Wie konntet ihr nur?«

Über den Zaun schwang sich nun ein weiteres Mitglied des Suchtrupps und öffnete von innen seinen Kumpanen das Tor. Zögernd und ungläubig näherte man sich der am Boden liegenden Bestie und dem davor knienden Bernd Harms. Albert schlang den Arm um Liesbeth, hakte die noch immer nach Luft ringende Hilda unter und führte die beiden Frauen zu dem sprachlos staunenden

Grüppchen.

Das Tier hatte zweifellos das Stockmaß eines kleinen Pferdes und einen gewaltigen Schädel. Albert war sich sicher, so etwas noch nie zuvor gesehen zu haben.

»Ist wohl eine Mischung aus einer dänischen Bracke und Hirtenhund«, murmelte einer der Männer. »Vielleicht ist auch eine Spur Wolf drin. Dass die so groß werden können!«

Albert schnaubte wütend.

»Harms! Als ich Sie über den Tod ihrer Mutter in Kenntnis setzte, haben Sie nicht eine Träne vergossen! Und jetzt sitzen Sie hier und heulen wie ein kleines Mädchen! Ihnen ist doch wohl klar, dass man Sie zur Rechenschaft ziehen wird!«

»Mein Brutus! Er war einmalig! Seine Kinder hätten mich reich gemacht.«

»Ihr Brutus war eine mordende Bestie und Sie wollten einer Unschuldigen die Tat anhängen!«

Albert barg den Kopf der noch immer weinenden Liesbeth an seiner Brust und atmete tief durch.

Es war vorbei. Die Bestie aus den Hügeln war tot.

Kapitel 11

Am großen Tisch im Hause der Sandrinis, in dem es schon lange nicht mehr so lustig zugegangen war, wie in diesen frühen Morgenstunden, wurde es für einen Moment still.

Thedas Blick ruhte auf ihrer Tochter. Ihrem kleinen Mädchen, um deren Hand sie soeben von Albert Gründig gebeten worden war. Milan zu ihrer Rechten sah sehr glücklich aus. Ihm gefiel ganz offensichtlich der Gedanke, dass sein kleines Mädchen wirklich eine Arztfrau werden sollte. Doch eben das war es, was Theda sah: Ein kleines Mädchen, jünger als sie selbst es gewesen war. Sie zögerte.

»Nun, sag schon ja, Frau. Wenn die beiden doch glücklich sind und so wirken sie auf mich«, platzte Milan in die Stille und drückte seiner Schwester immer wieder dankbar die Hand.

Hilda hatte ihrem Bruder seine Lügen bereitwilliger vergeben, als sie selbst geglaubt hätte, doch vergessen waren sie noch nicht. Die beiden würden in der kommenden Zeit noch so manche Unterhaltung führen müssen, vermutete Theda, doch letztendlich würden sie wieder ganz zueinander finden. Schließlich war er das letzte bisschen Familie, das ihr geblieben war.

»Theda. Alle warten auf dein Einverständnis. Du bist schließlich die Hausherrin und ohne deine Zustimmung passiert hier bekanntlich gar nichts«, erinnerte sie Milan noch einmal.

Theda atmete tief durch. Dann verkündete sie:

»Zwei Jahre! So lange muss eure Verlobungszeit dauern. Wenn ihr euch dann immer noch liebt, so sollt ihr meinen Segen haben. Aber zwei Jahre soll Liesbeth noch ein Mädchen sein dürfen. In dieser Zeit werden wir überlegen, wie es mit dem Hof weitergehen soll, jetzt, da wir wissen, dass keines unserer Kinder ihn einmal übernehmen will.«

Milan warf Clemens einen schwer zu deutenden Blick zu, doch sein Sohn strahlte über das ganze Gesicht. Die Mutter hatte ihm in die Hand versprochen, dass er Kirchenmusiker werden würde und sie dafür die nötigen Mittel bereitstellen würde. Wie sie das anzustellen gedachte, verriet Theda ihm nicht. Doch schwer spürte sie das Gewicht des Türknaufs in ihrer Schürzentasche. Es würde sich alles finden. Zwar war ihr Gönner bereits verstorben, doch man würde sich ihrer an rechter Stelle erinnern, da war sie sich sicher.

Gründig räusperte sich.

»Zwei Jahre. Ich werde warten. Und du, Liesbeth?«

Liesbeth nickte stürmisch, doch Theda schien es, als sei da auch eine Spur Erleichterung im Blick des jungen Mädchens. Doch möglicherweise täuschte sie sich.

»Darauf lasst uns anstoßen«, rief Milan und hob seinen Teebecher dramatisch in die Höhe.

»Auf das zukünftige Brautpaar! Auf meine Schwester, die uns hoffentlich nie mehr verlässt! Und meinetwegen auch auf den Kirchenmusiker, hilft ja nichts, aber das eine sage ich euch...«

Was immer er noch sagen wollte, es ging im Jubel und in den Prositrufen der Tischrunde unter. Theda spürte die Tränen der Rührung in sich aufsteigen. Konnte es nicht immer so sein wie an diesem Morgen?

Während im Innern der Küche die letzten Wein- und Biervorräte Thedas geopfert wurden, Hilda den beiden älteren Sandrinis Anekdoten aus ihren bewegten Jahren

erzählte und Clemens still vergnügt vor sich hin summte und von der Zukunft träumte, war es zweien gelungen, sich hinauszuschleichen.

Rotgolden schien die Sonne auf den Hof und das Stallgebäude. Der Wind wehte vereinzelte bunte Blätter über den gepflasterten Platz, es roch nach Herbst. Liesbeth dachte an die die kommenden zwei Jahre und fühlte sich hin- und hergerissen. Ein Teil von ihr konnte es nicht erwarten, dass ihre Zukunft begann, eine Zukunft an Alberts Seite. Doch der andere Teil freute sich auf ein Weihnachtsfest im Kreise der Familie, auf den Winter und den Frühling auf dem eigenen Hof. Jetzt, wo Hilda beschlossen hatte, bei ihnen zu bleiben, um Milan zu pflegen und in den Ställen zu helfen, würde vieles einfacher werden.

»Woran denkst du?«

Sie spürte seinen Atem auf ihrem Scheitel, hob den Kopf und sah ihn an. Er war tatsächlich ein schöner Mann. Und er war klug. Doch da war etwas in seinem Blick, was ihr erst jetzt auffiel, etwas Spitzbübisches, etwas Freches, wie sie es nur aus den Augen kleiner Lausbuben gewohnt war. Er mochte an Jahren älter sein als sie, aber hatte er auch mehr Reife? Ein Mann, der einfach so beschlossen hatte sie zu heiraten, weil sie ihm klug und mutig erschien? Was suchte er wirklich bei ihr, seine Frau oder eine Spielgefährtin? Liesbeth räusperte sich. Sie wusste, dass jetzt der Moment gekommen war, um zu sprechen oder für immer zu schweigen. Jetzt und nicht erst vor dem Altar.

»Albert. Ich muss dir ein paar wirklich wichtige Dinge sagen.«

»Heraus damit, tapfere kleine Liesbeth.«

»Da sind wir schon beim entscheidenden Punkt. Albert, ich bin nicht tapfer. Ich will keine Leichen in unserem Keller und keine gemeinsamen Abende am Kamin, bei denen wir über tödliche Krankheiten sprechen.«

Er schwieg und beobachtete sie aufmerksam.

»Außerdem will ich Kinder. Viele Kinder. Ich habe es immer bedauert, dass Clemens und ich keine weiteren Geschwister haben. Ich finde, ein Haus muss voller Leben sein. Da werde ich natürlich nicht immer neben dir auf dem Kutschbock sitzen und Patienten besuchen können.«

»Kinder«, widerholte Albert etwas langsam. »Und wie viele Kinder sind viele Kinder?«

»So sechs oder sieben sollten es schon sein. Vielleicht auch mehr«, sagte Liesbeth leichthin und sah mit einer ihr bisher unbekannten Genugtuung, wie Alberts Gesicht die Farbe wechselte.

»Sechs oder sieben! Himmel! Liesbeth, bist du dir sicher, dass…«

»Nein, bist du dir sicher, das ist hier die Frage! Willst du die Liesbeth, die ich bin, heiraten oder die Liesbeth, die du dir wünschst?«

Ein Augenblick verging. Ein Augenblick, in dem Liesbeth ihren zukünftigen Mann und sein Minenspiel genau beobachtete.

»Ich will dich, Liesbeth. Und der Mensch, der du glaubst zu sein, wird für mich der Richtige sein. Obwohl ich mir vorstellen kann, dass dir das Mutter sein auch mal langweilig wird. Nun, in dem Falle werden wir uns ein Kindermädchen leisten können. Falls du also doch eines Tages wieder auf Abenteuer aus bist, …«

»Ich bin nie auf Abenteuer aus gewesen! Das alles hier ist mir einfach so passiert!«

»Es ist dir passiert, weil du ein ganz besonderes Mädchen bist, Liesbeth. Wenn du das selbst noch nicht

weißt, dann lass es uns gemeinsam erfahren. Ich denke, dass aufregende Zeiten vor uns liegen.«

Als seine Lippen sich auf die ihren pressten, vergaß Liesbeth all die vielen Dinge, die sie ihm noch hatte sagen wollen. Sie hatten ja noch so viel Zeit.